クロース　トゥ

～祈りの丘～

日暮茶坊

FB
Famitsu Bunko
ファミ通文庫

カバー・ピンナップイラスト／ごとP
挿し絵／東都せいろ

目次

第1章　～ふたつの扉～　5
第2章　～教会の少女たち～　35
第3章　～葬られた時間～　71
第4章　～夢のなかへ～　101
第5章　～真実の光～　141
終　章　～残された想い～　175
あとがき

第1章　～ふたつの扉～

「ね！　最後はアレにしようよー！　ね！」

その顔に満面の笑みを浮かべながら、誰の返事も待たずに遊那《ゆうな》が走り出した。

「おっ、観覧車か。いいねぇ。翔子《しょうこ》と元樹《もとき》も文句はないよな？」

「まぁ……定番といえば定番だけどな。いいんじゃないのか」

「私は、別にかまわないわよ」

親友の龍作に同意を求められて、俺とクラスメイトの翔子も頷いた。

「ねーねー！　早く早くっ♪」

すでに遊那は観覧車の行列の最後尾《さいこうび》に並んで、こちらに向かって手を振っている。

「まったく、しょうがないな……」

「もう、元樹、あんた保護者なんだから文句言わないの」

「だっ、誰が保護者だよ……」

高校2年の春休み、俺たちは最寄《もより》り駅から電車で30分程のところにある小さな遊園地に遊びに来ていた。メンバーは、俺と遊那、龍作と翔子の4人。この4人は2年の時のクラスメイトで、昔からの親友でもある。

「何言ってるのよ。付きあってるんだから、保護者も同然でしょ?」

「まったくだ。遊那を独《ひと》り占《じ》めしておいて、何か文句でもあるのか?」

「ちょ、ちょっと待ってくれよふたりとも! なんで、そんなに俺ばっかり責められなくちゃならないんだ!?」

そう、俺と遊那は、去年のクリスマスからつきあいだしていた。もちろん、それまでも長い友達以上恋人未満の期間があったのだが、正式に告白して……というのが、クリスマスの夜だったのだ。俺は、今でもその時のことは鮮明に覚えていた。あの緊張と、喜び……そして、今の俺たちの関係がある。

「誰も責めてなんかないわよ。でもね……あの子のこと、ちゃんと見守ってあげなきゃダメよ?」

急に真剣な表情になった翔子が、俺の顔を下から覗《のぞ》き込むようにして言った。

「う……わ、わかってるって。まぁ、ほっとくと何するかわからないからな」

「あのね、ひとつだけ教えておいてあげる」

「え? 何を?」

「今の状態が、ずっと続くとは限らないのよ。永遠なんて存在しないんだから……でも、その状態を保つための努力をすれば、きっと大丈夫」

「な、なんだよ、急に難しいこと言っちゃって」

「あははは。元樹にはちょっと難しかったかな？　ま、ようするに遊那に甘え過ぎちゃダメってことよ」

「誰が甘えてるって？」

「ねーねー！　早くぅ！　うしろ、並ばれちゃうよー！」

俺と翔子がそんな問答をして足を止めているのを見つけた遊那が、遠くから叫んだ。

「……まったく、しょうがないな」

「あはは」

俺は翔子に向かって、苦笑して見せた。つられて翔子も、同じような表情をしてみせる。

「おーい！　ふたりとも！　早く来いよ！」

どうやら、面倒を見なくてはならない人間が、もうひとりいたようだ。俺と翔子は、ふたたび目を見合わせてくすりと笑うと、ふたりの待つ観覧車の列へと走っていった。

15分程待って、ようやく俺たちの順番がまわってきた。

この観覧車は日本でも最大級で、高さ１００メートルを超える大きなモノだ。ちなみに、一周は15分程と乗り場の説明書きに書かれている。

「ね、ね、おっきいよねー！　こんなのから落ちちゃったら、絶対死んじゃうよね♪」

「遊那……これから乗るってのに、さらりと恐いこと言わないでくれよ」

「え？　元樹、こーしょきょーふしょーだっけ？」

「いや、そういう問題じゃなくてだな……」

「まぁまぁおふたりさん、ほら、順番よ？　あ、ここで分裂、ふたりでお願いします♪」

「翔子!?」

うしろから押し出されるようにして俺と遊那は、ゴンドラに乗せられてしまった。４人乗りなのだから、全員で乗るものだとばかり思っていたのだが、翔子の言葉で係員は俺と遊那が乗った時点で扉を閉めてしまった。

「あはは。せめて、最後の乗り物ぐらいはふたりの時間を過ごしてきなさいな」

「……ったく、いいのかよ、翔子？」

「もう、龍作も文句言わないの。それとも、私と一緒じゃご不満かしら？」

「い、いや、そんなことは……あは、あははは」

「やっぱり、ふたりの時間ってのも必要なのよ。大体あのふたり、つきあいはじめたっていうのに、遊びに行く時ってほとんど私たちも一緒だったじゃない」

「だって、気になるだろ？　それに、最初は翔子だって……」

「いいの。私はもう……決めたんだから」

「翔子……でも、俺は……」


下でそんな会話が繰りひろげられているとはつゆ知らず、俺と遊那はふたりきりの空間を素直に楽しんでいた。窓から外を見れば、はるか彼方《かなた》の海までが一望できる。俺は、夕暮れの美しい風景に、しばし見とれてしまった……が、しかし……。

「ね！　ね！　あれ！　あのへんがゆーなの家だよ！」

「ねぇねぇ、写真撮ろ！　写真！」

「ねー元樹！　元樹！」

「……ぐあぁぁぁ！　ちょっとはムードってモノを楽しめないのか!?」

俺は、あきれたような声を出して遊那に対して抗議の意を示した。もちろん、遊那に悪意などないのはわかっているのだが。

「ほえぇ？　むーど？」

「雰囲気だよ、雰囲気。ほら、外はきれいだろ？　少し静かに見てみろよ」

「……だってぇ……」

「だって、何だよ？」

「だって、久しぶりに元樹とふたりきりになれたんだもん。うれしくって♪」

「久しぶりって、昨日も遊那の家に遊びに行っただろ？」

「でも、でも、それからもう何時間も経ってるよ？」

「……」

「ゆーなは、ずっと元樹と一緒にいたいんだもん。ね、元樹は？」

「……俺も……だよ」

「ホントに？」

「……本当に」

　こうなっては、すっかり遊那のペースだ……しかし、気づいた時にはもう遅かった。

「それじゃ、愛してるって言って♪」

「う……」

「……ゆーなのコト、嫌い？」

「き、嫌いじゃないって」

「それじゃ、愛してる？」

もちろん、俺は本当に遊那を愛していた。誰よりも、何よりもかけがえのない存在だ。

しかし……それを口にするのは、やはり照れがあった。それなら、いっそ……。

「え？　元樹？　あ……」

何か言いかけた遊那の唇《くちびる》を、俺はそっとふさいだ。

ほんのりと暖かな感触が、ふたりをつなぐ。


「……なんか、ダマされたような気がする……」

「なんて人聞きの悪いことを。あ、翔子たちには言うなよ？」

「い、言わないよぉ」

そう言って遊那は、ぷーっと頬《ほほ》をふくらませてみせた。

「あはは。そうだ遊那、ひとつ約束して欲しいことがあったんだ」

「なぁに？」

「あのさ、もうすぐ遊那、誕生日だろ？　4月の15日だよな？」

一応、確認してみるが、俺はその日で間違いないことを知っていた。わざわざ聞いてみたのは、遊那本人にしっかりと覚えておいてもらうためにほかならない。

「そうだよー！　元樹より、ちょっとだけ早く大人になっちゃうんだもんね」

「それでさ、その日は何があっても、ずっと家にいて欲しいんだ」

「ほえー？　どうして？」

「えーと、それは……秘密」

「元樹……来てくれる？」

「え？」

「元樹がずっと一緒にいてくれるなら、ずっと家にいるよ」

「わ、わかったよ……なら、ずっと一緒にいるから」

「ホント？　やったぁ！」

そういって遊那は、本当にうれしそうにころころと笑った。そんな無邪気な彼女を見ていると、自然と俺も笑顔になる。

「チャーンス！　えいっ！」

「なっ？」

カシャリ。

急に目の前が真っ白になった。どうやら、遊那が目の前でカメラのフラッシュをたいたらしい。

「えへへ。よかったー。今日、元樹の笑ってる写真、どうしても欲しかったんだ♪」

「……く……だからって、急に撮るなよ……目が……」

遊那は写真を撮るのが趣味で、いつも首からカメラをぶら下げていた。ちなみに、遊那のもうひとつの趣味（？）は、いろいろなモノに人の名前をつけることだ。当然、このカメラもその対象で、「田中くん」という名前がつけられている。

「大体、笑ってる写真なんて今、撮らなくったって……」

「ダメ！　今、笑ってるのが欲しかったの！　今の、この瞬間の元樹の笑顔が欲しかったんだもん」

「ハァ……ま、いいけどさ」

「田中くん、今日は大活躍だったね♪」


観覧車から降りて地面に足がつくと、微妙な安心感があった。やはり、自分の足で立っていられるのが一番だ。地に足がつかない感じは、やはりどこか心許《こころもと》ない。

「あっ、ショコラたちも降りてきたよ」

遊那は、モノには普通の名字《みょうじ》の名前をつけるのだが、友達には妙なあだ名をつける。

そのため、翔子は「ショコラ」、龍作は「りゅんりゅん」と呼ばれていた。俺だけが昔から普通に「元樹」だったのは、奇跡としか思えない。

「結構、楽しかったね。ほら、龍作、しっかりしなさぃよ」

「だ、だってなぁ……うあ……まだフラフラする……」

「そういえば龍作、高所恐怖症だったな。だったら、最初っから乗らなきゃいいのに」

「バ、バカな……いくら翔子とはいえ、女の子をひとりで乗せられるか……」

一応、龍作は自称フェミニストだけあって、気をつかっていたらしい。しかし、その言い方が悪かった。

「『いくら』って何よ？　龍作、やっぱりケンカ売ってる？」

「ちょっとぉ、やめなよショコラ～。あ、お腹空《なかす》いてるんじゃない？」

「あははは。大丈夫よ、ちょっとからかってみただけだから」

あわてて割って入った遊那に、一瞬張りつめた空気も、すぐに和《やわ》らいだ。これは、遊那の特技と言っても良いだろう。もちろん、本人はまったく意識していないのだが。

「それより、遊那たちのほうはどうだったの？　キスぐらいした？」

「そ、そんなこと、し、してないもん！」

「でも、元樹の唇に口紅ついてるよ？」

「えっ！　そ、それはその、あの……」

「あはは！　ウソよ。大体、遊那がつけてるカラーリップが、そんなにうつるワケないじゃない。でも……キスは本当だったみたいね」

「しょ、ショコラのいぢわる～！」

「あははは。いた、あいたたた……ちょっと、遊那、ゴメンってば！」

顔を真っ赤にした遊那にポコポコとなぐられ、翔子は俺たちのまわりをグルグルと逃げ回った。

「なんだよ元樹……ずるいよなぁ……」

「ずるいってなんだ……そんなコト言うんだったら、龍作も翔子に迫ってみればよかったじゃないか」

「バ、バカなこと言ってんなよ。大体、翔子はなぁ……もがぐぐ!?」

遊那から逃げ回っていた翔子が、龍作の背後を取ったかと思うと、チョークスリーパーホールドで首をしめつけた。あまりの早業と意表をついた攻撃に、龍作に反撃の手だては残されていない。できるのは、必死に許しを乞《こ》うことだけだ。

「ふぅ。龍作、今日はこのぐらいにしておいてあげるわ」

「ハァ、ハァ、ハァ……」

「……やっぱり結構、いいコンビなんじゃないのか？」

帰り道、翔子と龍作のふたりと別れた俺は、遊那を家まで送り届けようと並んで歩いていた。すでに夕暮れの迫る時刻で、日が傾いて薄暗くなってきている。

そういえば、今日は天気予報で夜から雨だと言っていた。できれば、雨が降る前に帰りたいものだ。

……が、そんな俺の考えなどまったく無視するかのように、遊那は言った。

「ね、ちょっとそのへんお散歩してから帰ろうよ♪」

今日一日、遊園地ではしゃぎまくっていたというのに、疲れを知らないのだろうか？

一応、俺は体力と天候を気にして、遊那に聞いてみた。

「でも、疲れてるんじゃないの？　今日一日、ずっと遊んでたんだし。それに、夜から雨だって朝の天気予報で言ってたよ」

「ぶー。元樹、疲れてる？」

「……ああ、さすがにちょっと」

「それじゃ、あの花の時計のある公園まで行こうよ。そこまででいいから」

遊那の言う公園は、ここから10分程歩いたところにある。まぁ、それぐらいなら大丈夫だろう……明日の筋肉痛を覚悟しつつ、俺は同意した。

「ああ、いいよ。でも、天気が悪くなるといけないから、先に傘買っておこう」

「え？　わざわざ買うの？」

「いや俺、この間、電車のなかに傘忘れて来ちゃってさ。どうせ、一本買おうと思ってたから」

「なら、先に商店街に寄っていこ！　えーとね、傘の名前は……竹内くん！」

「はいはい、じゃあ竹内くんを買ってから行こうか」


結局、商店街では傘を買うだけで済むはずもなく、フラフラといろいろなモノに興味を示す遊那に振り回され、公園に着いた頃にはすっかりあたりは暗くなっていた。

ベンチに腰を下ろして空を見上げると、真っ黒な雲が空を覆《おお》いはじめているのがわかった。どうやら、天気予報はこのままだと的中しそうだ。

「なぁ遊那、やっぱり……」

しかし、俺の提案は遊那の疑問によってうち消されてしまった。

「ね！　15日って、なんで家にいなくちゃいけないの？」

「そ、それは……ほら、アレだ」

「なぁに？」

隣に座った遊那が、しげしげと俺の顔を見つめてくる。本当に自然体のまま、何も構えずに接してくる彼女にはじめて会った時、俺は逆に疑ってしまったものだ。

「だから、さっきも秘密って言っただろ？　15日までのお楽しみだよ」

「えー。教えてよー」

「ダメだってば。大体、本当にちゃんと覚えてられるのか？」

「え？　ずっと家にいろってこと？　そんなの、忘れるわけないよ～」

「だって遊那、結構忘れっぽいから……ほら、あの時のことだって」

「またその話？　ゆーな、確かにそれはあんまり覚えてないけど……」

『あの時のこと』……それは、俺たちがまだ小学生の頃の話だ。

俺と遊那は、ある日、近所の貯水池に遊びに行っていた……いや、正確に言うと、探検に行っていたのだ。当時、その貯水池には、ネッシーならぬ『あまちょー』なる恐竜が住んでいるというウワサが、学校じゅうに広まっていた。そして、それが真実かどうかを確かめるため、俺と遊那は池に向かったのだった。

しかし、池についた俺たちは、結局あまちょーのことなどすっかり忘れて、ボートを借りて遊びはじめてしまった。確か、俺はボートのレンタル代を持っていなかったので、遊那に無理矢理払わせた記憶がある。

俺はボートをひとりで漕《こ》ぐのははじめてのことだったけれど、意外に筋が良かったらしく、すぐにコツを覚えて操《あやつ》れるようになっていった。今思えば、そこに油断があったのだろう。

いつの間にか俺たちは、細長い形をした池の、ボートを借りた岸と反対側のほうまで漕ぎだしてしまっていた。そして……その時、事件は起きた。

それは、水辺《みずべ》に咲いた花を取ろうと、遊那が手を伸ばした時だった。急に質量の移動のあったボートはバランスを崩《くず》し、大きく傾いた。

そして、次の瞬間……遊那の体は、勢いよく池のなかへと投げ出されていた。水を飲んでしまい、必死にもがく遊那。あわてて僕も彼女を助けようと飛びこんだのだが……。

じつは、その先のことはよく覚えていない。しかし、すぐに気がついた貸しボートの管理人さんらの手によって救出されたことだけは確かだ。

遊那は大分水を飲んでしまい、まさに息も絶え絶えの様子だった。幸いにも俺は大したことはなく、とにかく遊那が無事でいるようにと願った。

その時俺は、彼女が首に小さな小瓶をぶら下げているのに気がついた。その小瓶のなかには、一枚の小さな白い羽が入っているのを、俺は知っていた。

『ひとつだけ願いのかなう天使の羽』。

俺は最初その話を聞いた時笑ってしまい、信じようともしなかった。しかし、彼女を救うため、俺は藁《わら》をもすがる思いでその羽を手に取り……空へと解き放った。

……やがて、彼女が奇跡的に意識を取り戻したのは、果たしてその羽のせいだったのかどうかはわからない。しかし、その奇跡の記憶だけは、俺のなかにしっかりときざまれることになったのだった。

問題は、この事件を当の遊那が全然覚えていないということだ。しかし、人間は、子供の頃の辛《つら》い体験などを、自分の都合のいいように改ざんしてしまうことが多々あるという。おそらく、遊那のこれもそういうことなのだろう。誰も好んで、溺《おぼ》れて死にかけた記憶など思い出したくもないはずだ。

「ま、念には念を押しておかないとな」

「元樹との約束は絶対忘れないから大丈夫だよ～」

「そんなこと言って、この前のデートの時間、間違えてたじゃないか」

「あ、あれはカレンダーに書き間違えただけで……あっ……」

失敗を指摘されて急にしゅんとなってしまった遊那の体を、俺はそっと引き寄せた。

ここまで近づくと、お互いの鼓動が速くなっていることすらわかってしまう気がする。

「元樹……今日、2回目だよ」

「イヤ?」

「ううん……うれし……」

俺は、遊那の返事を待たずに唇を重ねた。

今日2回目の口づけは、ほのかに甘い香りがした。


「あーあ、降って来ちゃったね」

「だから早く帰ろうって言っただろ……」

「だって……もっと、元樹と一緒にいたかったんだもん」

そう言われては、返す言葉がない。

俺たちは、つい先ほど商店街で買った新しい傘を広げ、ふたりで遊那の家をめざしていた。ここからなら、歩いて15分もあれば着くことだろう。

「なんだか、こういうのもいいね♪」

「ん？　何が？」

「えへ。相合い傘♪　竹内くん、新しいからよく水を弾いてくれるね」

　確かに夜の雨は、肌に触れると少し冷たかった。しかし、隣にいる遊那のぬくもりが、雨による冷たさ以上に俺を暖めている。そして、それは彼女も同じように感じてくれているようだった。

「ねぇ、もっとくっついてもいい？」

「ば、バーカ。恥ずかしいだろ」

「大丈夫。誰も見てないから」

「そういう問題じゃないんだよ……」

　やがて、俺たちは商店街に続く交差点にさしかかった。ちょうどタイミング悪く信号が赤になってしまったので、俺たちは横断歩道の前で待つことにした。

　その時……。

「……あっ！　あの子!!」

「えっ!?」

　急に、遊那が何かに弾《はじ》かれたように交差点に飛び出した。しかし、その飛び出した先には何も見えない……だが、問題はそんなことではなかった。

「遊那！　車！」

交差点には、俺たちが来る前から左側の車線を塞《ふさ》ぐように、一台のダンプカーが駐車していた。運転手は乗っておらず、どうやら向かいのコンビニに買い物にでも行っているようだ。

その大きなダンプカーのうしろから、急に一台の乗用車が現れた。

乗用車は赤信号にも関わらず、非常に速いスピードで交差点に進入してくる。大きなダンプカーで信号が見えなかったのか、それとも雨でブレーキがきかなかったのか……とにかく、このままでは遊那が危ない！

そう考えた時、俺の体はすでに遊那を追って路上に飛び出していた。暗闇を照らしだす眩《まぶ》しすぎるライトが、俺と遊那の姿を影絵のように映し出す。


キキキィィィィィィ!!


力一杯踏みつけられたであろうブレーキの音が夜の交差点に響き渡った。

……しかし、それは少しだけ遅かった。

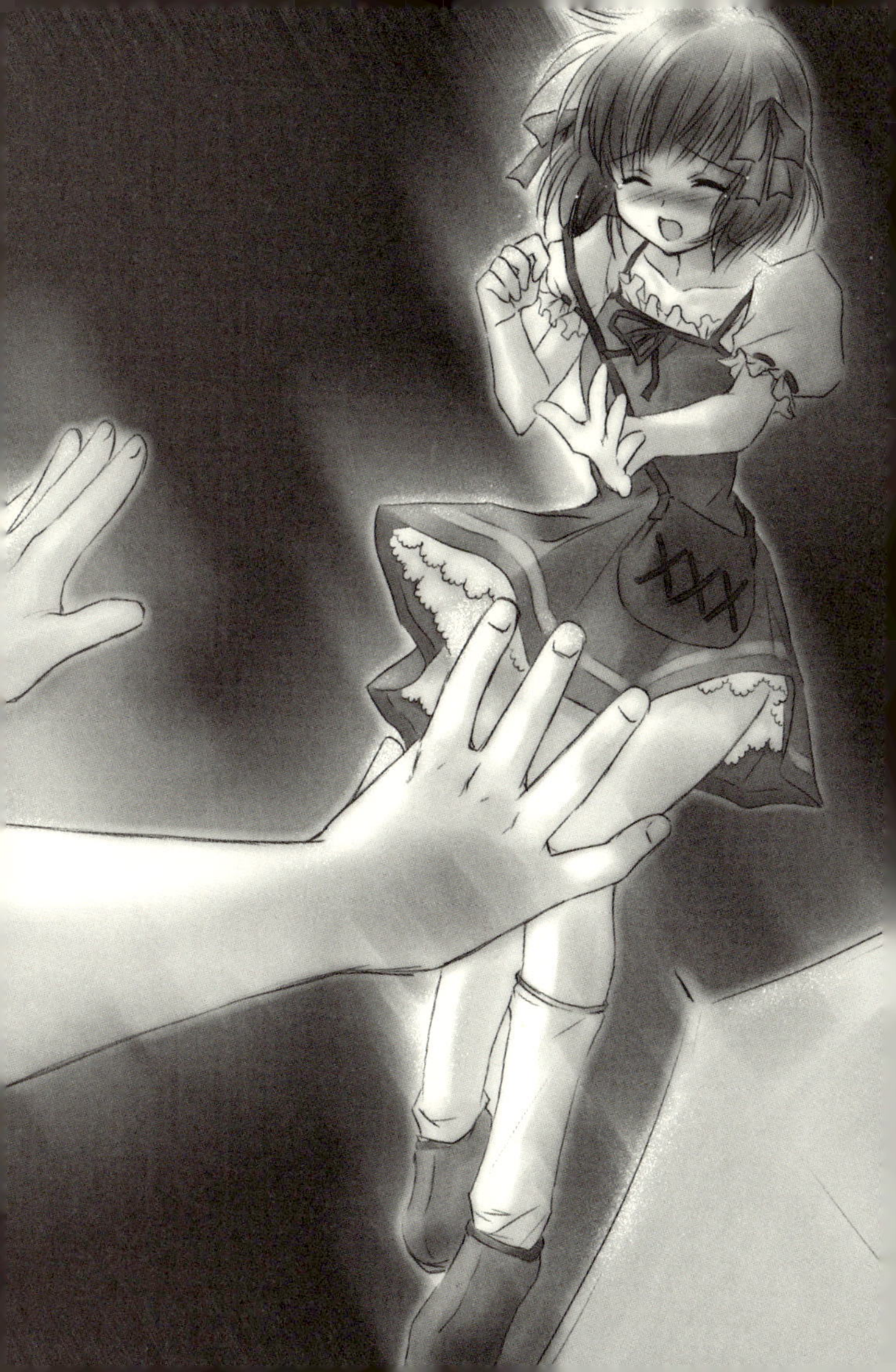

俺の体は、焼けた鉄の棒を押しつけられたかのような衝撃を感じて、空を舞った。俺を轢《ひ》いた車が、下に見えたのがなんだかおかしかった。
そして、俺が自分の肉体で最後に見たもの……それは、俺に突き飛ばされて反対側の車線に倒れ込んだ遊那が、足を引きずりながら俺に向かって走ってくるところだった。

遊那は無事だった……。
それだけで、俺は満足だった。
目の前に、真っ赤に泣きはらした目で俺を見つめる遊那の顔が見える。
ダメだよ……そんなにゆらしちゃ……痛いってば……。
泣かないで……俺は死んだりしないから……。

……。
そこは、すべてが白い部屋だった。
……しかし、部屋といっても何があるわけでもない。

あるのは、扉がひとつ。
そして、その扉は半分程開いていた。
誰かが、閉め忘れたのだろうか？
俺は、そっと扉の外を覗いてみた。

柔らかな光が見えた。
俺の存在そのものを包み込むような……やわらかく、暖かな光。
優しさにあふれたその光に触れた時、俺の目からは自然と涙がこぼれた。

……外に出てみよう。

きっと、そこには本当の安らぎが待っているはずだ。
それに、気がつけば何だかこの部屋は息苦しい。
それもそのはずだ。
いつの間にか、部屋はどんどん小さくなっていたのだから。
俺は、決断を迫られているようだ。

決断？

一体、何を決断するというのか。
目の前の扉の外には、光に満ちた世界が待っている。
あと一歩、踏みだせば良い。

しかし、その時、俺の頭にひとつの疑問が生まれた。
……なぜ、俺はここにいる？　そもそも、俺は誰だ？

「……もと……き……」

声のようで、声でない。
それは頭に直接、イメージとして響いてきた。
俺の背後から……。
振り向くと、そこにはもうひとつの扉があった。

それは、どこかで見たことのある扉だった。
何の変哲もない、木の扉。
しかし、俺は、その扉にとても懐かしい何かを感じた。
ふたたび、声のような何かが響いてきた。

「……もとき……ごめん……もとき……」

もとき……元樹。
それは、俺の名前だ。
俺は穂村元樹。
そして、声の主は……。

彼女に会いに行かねばならない。
……俺は、ゆっくりと木の扉を開けた。
……。

（ここは……？）

扉の先は、先ほどと同じく白いこぢんまりとした部屋だった。しかし、大きく異なるのは……この部屋が現実のものだということだ。ひとつだけ設けられた扉、明かり取りの窓、何やらよくわからない機械……そしてベッドがひとつ。

ベッドには、誰かが寝ているようだった。

（勝手に入って、起こすのも悪いな……）

そう考えた俺は、静かに部屋を出ようとした。さっきくぐってきた木の扉はなぜかどこにも見あたらなくなっていたので、今、ここにはひとつしか扉はない。

（あれ？　何だ？　これ？）

ここで俺は、不思議な状況に気がついた。俺は、これらの部屋の様子を『上から』見ていたのだ。もちろん、俺の足の下に脚立《きゃたつ》などがあるわけでもない。

……そう、俺は浮いていたのだ。

さらに、不思議なのはそれだけではなかった。見れば、俺から何か細いヒモのようなものがぶらさがって、ベッドの上に横たわっている人間の頭につながっている。

（なんだ？　これ？　変な夢だな……）

俺は自分の想像力に感心しながら、そのまま宙をフワフワと浮いて、ヒモのつながっている部分をよく確かめようと近づいた。

そこで、俺は今まで生きてきたなかで……さらには夢のなかですら経験したことのなかった、驚くべき事態に遭遇した。

（お、俺っ!?　俺が寝てる!?）

そう、そのベッドに寝ていたのは俺自身だった。

幾筋もの治療用らしきパイプがそばに設置された機械につながっているものの、見間違えようもない。17年間、何千回、何万回と鏡や写真で見てきた顔だ。

（怪我《けが》……してるのか？）

そこで俺は、ようやく事故の記憶を取り戻した。

（そうだ、俺は遊那を助けようとして、車にはねられて……それで……え？　でも、だとすると、これは……夢じゃなく……!?　いや、そんなハズは!?）

……夢だとしても、リアルすぎる。

それは、俺自身が一番良くわかっていた。しかし、これは……どういうことなのだろう？　世に言う幽体離脱というものだろうか？

俺は、あまりオカルト話などは信じるほうではなかった。とはいえ、自分自身がこうなってしまった以上、認めざるを得ないものがある。

（と、とりあえず、誰かにこのことを伝えよう！）

俺は誰かを呼んで話を聞いてもらうために、病室の扉に手をかけて外に出ようとした。するると……。

するり。俺の手は、ドアを突き抜けて、反対側に出てしまった。こちらから見ると、ちょうど腕がドアを境に輪切りになっているかのように見える。これを、反対側から見るとさぞ不気味だろう……。

俺は、あわててほかのモノでも試してみた。見舞い用として置いてあったらしいメロンを手にとって……いや、とれなかった。俺の手はドアと同じようにするりとメロンを通り抜けて、さらにはカゴまで突き抜けて机のなかへと消えた。

（や、やっぱり幽体離脱⁉）

こうなっては、さすがに俺も認めるしかないようだ。だが、どうすれば元に戻れるのだろうか……。

（霊体っていうぐらいだから、重なれば入れたりしないのかな？）

まず、俺は自分の体にそのまま入ろうと頑張ってみた。いろいろ試しているうちに、この体のコントロールにも慣れてきたので、ぴったり重なるのはそれほど困難なことではなかった。体の真上に、ズレがないように横になり、そのまま垂直に降りてみる。

……しかし、結果は思わしくなかった。単純につきぬけるだけで、どちらの体にも何の変化も訪れないのだ。

（誰かに相談してみよう……それに、遊那は本当に大丈夫だったのか!?）

自分自身の変化に動転していた俺だったが、時間とともに少し落ち着いて考えられるようになってきた。もちろん、これが夢のなかの話でなければ……だが。

そして俺は、自分の病室らしきその場所の壁をすり抜けると、空を越えて通い慣れた学校へと飛び立った。

第2章　～教会の少女たち～

表に出てみると、俺の体があった病院は、昔から何度も行ったことのあるところだった。そういえば、翔子がここの売店でバイトをしていたハズだ。学校が終わってからの時間なら、いるかもしれないが……今の時間は太陽の明るさからするに、ちょうどお昼ぐらいだろう。

俺は途中で公園に立ち寄り、時計を見て時間を確かめた。あと5分程で12時だ。このまま行けば、昼休みにちょうど間に合う頃だと思う。

最初は少し不安だったものの、コツをつかむと空を飛ぶのは簡単だった。今の俺と体をつないでいるヒモのようなものも、引っ張れば引っ張っただけ伸びるのがわかった。いろいろ試してみたが、とくに細くなったり、切れたりする様子もない。確信は持てないが、あまり気にしなくてもよさそうだ。

ふわふわと空を漂っていると、やがて学校が見えてきた。空から見る学校は、少し新鮮な感じがしたが、今はそんなことに感動している場合じゃない。早く、みんなに俺の無事を伝えて、そしてなにより……遊那に会いたい……。

　あの事故からどれほどの時間が過ぎたのかはわからないが、ずいぶん長い間、遊那の笑顔を見ていなかったような気がする。今までは当たり前に感じていた彼女のぬくもりが、実体のない今の俺には無性《むしょう》に恋しかった。


　俺が到着すると、やはり学校は昼休みの時間だった。一応、玄関から入った俺は、退屈な授業から解放された喜びを全身で表現する生徒たちの間を、するりと通り抜けて3年の教室へと向かった。

　学校の教室の配置は、今年は1階が職員室や特別教室、2階が2年生の教室、3階が3年生、4階が1年生となっていた。この変則的な配置は、学年ごとの生徒数が異なるためらしい。本来ならば2年生が3階、3年生が2階となるはずだったのだが、今年は2年生の数が多く、特別教室の多い3階には入りきらなかったのだ。2年の終業式に聞いたそんな話を思い出しながら俺は、はじめての3年C組の教室のドアをくぐった。2年生から3年生になる時はクラス替えがないので、そのまま持ち上がりになる。そのため、俺たちのクラスは3Cで間違いないはずだったのだ。

　そして、俺の予想は当たっていた。3Cの教室には、いつものみんなの顔……翔子と龍作、それに遊那の顔があった。

「ねー、りゅんりゅん、今日はパンじゃないの?」

「たまには健康的に手作りもいいかなぁーなんてね。ま、ただ単純に金がなかったからなんだけど。じつはコレ、自分で作ったんだ」

「まぁ、そりゃそうでしょうね。龍作のお母さんが、そんな奇怪《きっかい》な形のおにぎり作るわけないもの」

「か、形は問題じゃないだろ!? 料理は愛情だって!」

「自分自身への愛情? ま、龍作、ちょっとナル入ってるとこあるからね」

「あはは。でも、りゅんりゅんのおにぎり、結構美味しいよ♪」

「あっ、遊那! いつの間に!」

それは、いつもの見慣れた光景だった。ただひとつ、違うとすれば……それは、そこに俺がいないことだ。しかも、傍目《はため》にはとても仲の良い3人組にしか見えない。たとえ、俺が体に戻っても、そこに入り込むスキなどないかのような……。

確かに、もともと俺はクラスで目立つほうではなかった。だが、ここまで何の違和感もない日常があると思うと、複雑な気分にならざるを得ない。

(みんな、俺のことなんて、どうでもいいっていうのか!?)

「ねぇショコラ、ひとつ気になったんだけどいい？」

「何？　どうしたの？」

「あのね、あそこにずっと空いてる席あるでしょ？　転校生でも来るのかな？」

（……！）

　きっと、それは俺の席のことを言っているのだろう。学校側は、俺の進級を知っていたのだから、すでに椅子と机が用意されていても不思議ではない。

（遊那、そこ、そこは俺の席だって！）

　俺は、遊那の目の前に立つと、よく遊那自身がやっていたように、両腕をブンブンと振り回してアピールしてみた。

（俺はここにいる！　ここにいるんだ！）

「さぁ……数、数え間違えたとかじゃない？」

　しかし、俺の必死のアピールは、まったくの徒労《とろう》に終わってしまった。どうやら、みんなには俺の姿はまったく見えていないらしい。

　よくよく考えてみれば、ここまで飛んでくる間、誰にも見とがめられなかったのもそういうことなのだろう。

　今の俺は、誰にも見えない。

触ることもできない。

話しかけることもできない。

……この世界に一切干渉《かんしょう》することができないのだ。

しかし、そう簡単に諦《あきら》めるわけにはいかない。俺は、考えつく限りのことを試してみることにした。

(ふーっ!)

遊那の耳元に、思いっきり息を吹きかけてみる……が、そもそも、今の俺は息そのものをしていない。イメージとしては吹いたつもりでも、風はそよとも起こらなかった。

(なら……)

俺の存在をわかってもらえないのなら、何か代わりのもので知らせることはできないだろうか? 例えば電話……携帯……いや、結局は俺が何も触れることができない以上は無理だ。

(そんな……こんなにそばにいるのに……)

俺は、何度も何度も遊那たちに話しかけ、気を引こうとして飛んだり跳ねたり浮いてみたりと、必死になってやってみた……が、そのすべては徒労に終わった。

「なぁ、そろそろ授業はじまるぜ。次、移動教室だからそろそろ行かないと」

「あっ、ホントだ！　りゅんりゅん、今日はやる気だね♪」

「どうせ龍作、早くうしろのほうの席を取って、昼寝しようっていうんでしょ？」

「う……バレてる？」

3人の平和な……いつも通りの会話とは裏腹に、俺の心は深く沈み込んでいた。そういえば、誰も俺のことを口にしようとしない。もしかして、俺の存在そのものが忘れ去られてしまっているのだろうか？

……いや、しかし、病院に俺の体があったのは事実だ。ということは……。

(みんな、単純に俺のことなんてどうでもいいってことか？)

そう考えると、思わず涙がこぼれた。

どうやら、この体でも涙は流れるようだ。もっとも、本当に流れているのではなく、俺自身の作り出したイメージのようなものなのだろうが……。

俺は誰もいなくなった教室で、さっき遊那の言っていた、自分のものであろう椅子に座ってみた。『座って』とはいっても、触ることができないので、椅子を引くこともできない。そのまま、その場所に『重なる』だけだ。

(何もなければ、俺は……ここで授業を受けてたんだろな。みんなと一緒に……)

それは、当たり前のことだった。しかし、今の俺には、その当たり前のことが何よりも難しい。

(とりあえず、遊那たちのあとを追ってみよう……)

俺は教室の前の壁に貼られた時間割表で次の教室を確認し、廊下に出た。次の授業は生物室……ということは、2号棟の2階だ。

教室を出た俺は、そのまま2号棟へと向かった。実際、壁や床なども通り抜けられるのだろうが、俺はあえて普通に廊下や階段を使うことにした。まだ慣れていなかったというのもあるし、もしかしたら、誰か俺に気がついてくれる人がいるかもしれないからだ。

しかし、その俺の行動は、思わぬ成果を生むこととなった。2階から1階に向かう途中の階段で、俺は同じく移動教室らしい2年生の集団と遭遇した。彼らのなかに、あいにくと知っている顔はなかったのだが……。

(あっ……)

そのなかのひとりの女の子と、俺はふっと目が合った。すると、次の瞬間、その女の子は明らかに視線をそらしたのだ。

(もしかして、見えてる!?)

俺は、あわててその少女を追いかけた。しかし、長く美しい髪をなびかせて、その少女はまるで俺から逃げるかのように歩幅を広げて足早に去っていく。

(ちょ、ちょっと待って!)

もしかしたら、本当に見えているのかもしれないし、声も聞こえているのかもしれない。この世界で、俺の存在をわかってくれる人! なんとしても、この機会を逃すわけにはいかない!

俺は全力を振り絞って飛ぶと、彼女に追いついて語りかけた。

(ね、ねぇ、キミ、俺が見えてるんだろう?)

「……」

(今、目が合ったよね? ね?)

相変わらず彼女からの反応はない。しかし……やはり何か不自然だ。何か、無理に俺から視線をそらしているような、そんな違和感を感じる。

そうこうしているうちに、目的の教室にたどり着いたようだ。彼女とまわりの2年生たちは、化学室へと入っていく。そこで俺も、そのまま彼女のうしろにくっついて、教室に入っていった。

彼女は、迷わず一直線に一番うしろの席に向かい、そこに座った。しかし、4人がけの席にもかかわらず、彼女の隣に座ろうとするものはいないようだ。普通、このへんは人気の席で、絶対誰か座るはずだと思うのだが……。

とりあえず、俺は彼女の隣に座ってみたが、相変わらず彼女からの反応はない。やはり、俺の気のせいだったのだろうか？

いつのまにか、授業がはじまっていた。頭の少し薄くなった神経質そうな化学教師が、黒板に化学記号の覚え方を書いている。彼女も、整ったきれいな文字でそれをノートに書き写していた。どうやら、勉強に関してはかなり熱心な子のようだ。しかし、今はそんなことに感心している場合ではない。彼女に俺が見えている可能性がある以上、なんとかして話を聞いてもらわねば……。

その時、俺は彼女がノートに書き写していた化学記号が、間違っているのを見つけた。決して化学は得意なほうではなかったが、同じ授業を受けて、同じ覚え方をしたのでわかったのだ。

（ねぇ、そこ、ＮａＮｉＭｇＡｌ……なーにまがある……だけど、ＡｒじゃなくてＡｌだよ。Ａｒだとアルミニウムじゃなくてアルゴンになっちゃう）

「あ、本当……」

（あ！）

「……！」

どうやら、ただ何気なく言ったのがよかったようだ。彼女も、ついつられて反応してしまったといった感じだ。やはり、俺の声が聞こえていたのだ。

（ね、今、絶対聞こえてたよね⁉）

「……」

（返事したよね、『あ、本当』って。俺、聞いたよ？）

「……」

（いいよ、そうやって無視するなら……俺、話聞いてくれるまでずっとキミについてまわるからね）

するると、彼女は黒板を写していた手を休めると、ノートの端のほうに小さな言葉を書き記した。

『迷惑』

（あ、ごめん……でも、俺、どうしても話を聞いて欲しいんだ！　お願いだよ、俺、このまま体に戻れないまま死んじゃうかもしれないんだ！）

最後の言葉は嘘だった。このあと、どうなるのかは俺自身にもまったくわからない。

だが、その言葉はわずかに彼女を動揺させたようだ。

『死ぬ？　生きてるの？』

（……あ、死ぬかどうかはよくわからないんだけど……今、俺の体は病院にあるんだ。でも、なんかこう、魂が抜けたっていうか、こんな幽霊みたいな体になっちゃって）

必死に訴えかける俺を見て、彼女は少し困ったような顔をして何か考え込み……やがて、決断したように次の言葉をノートに綴《つづ》った。

『わかった。放課後、話を聞く』

（ホントに!?　ありがとう！　俺、待ってるから！）

『ここにいられると迷惑。街の教会、わかる？』

街の教会……それは、学校から俺の家のほうに少し歩いた小高い丘の上にある教会のことだろう。この街で教会といえば、あそこしかないはずだ。俺は、家が近かったこともあって、小さい頃からよくそこで遊んでいた。あの裏庭にあった小さなブランコは、まだあるのだろうか？　よく、遊那と一緒に遊んでいて、どちらが先に乗るかでケンカになったものだ。

（丘の上の、あそこでいいの？）

『そう。裏庭に放課後』

（わかった。絶対行くから、キミも……えーと、名前はなんていうの？）

『橘《たちばな》　小雪《こゆき》』

（小雪か。俺は3年の穂村元樹。元樹でいいよ）

『あとは放課後』

そこまでノートに書いた小雪は、それまでの俺との会話に使われた文章を消しゴムで消しはじめた。これは、おそらく邪魔をしないで欲しいというサインなのだろう。俺は、最後に一度だけ彼女に対して小さく頭を下げると、化学室をあとにした。

さて、どうするか……学校が終わるまでには、まだ時間がある。そこで俺は、一度自宅へ帰ってみることにした。よく、テレビの夏休みの怪奇現象特集などで、親族の霊が枕もとに立つというのをやっている。それがもし本当なら、両親なら俺の姿を見たり話をしたりすることができるかもしれないと思ったからだ。

……しかし、俺のはかない期待は、家で家事をしていた母親の前に立った瞬間に無残にも砕《くだ》け散った。母親は、俺が何を話しかけても、どんなことをしても俺のほうを振り向いてすらくれなかった。父親は仕事に行っているようだが、この調子ではあまり期待できないだろう。

そして、さらにひとつ驚かされたことがあった。それは、俺が家にかけてあった日めくりのカレンダーを、母親がちょうどめくった時に知ったことなのだが……なんと、俺が事故に遭ったあの日から、すでに2週間という時が過ぎていたのだ。遊那たちが3年の教室にいたことから、かなりの日数が経っているとは感じていたが、まさかそんなに経っているとは思わなかった。とすると、俺の体は2週間もの間、意識不明だったということになる。そしてもし、このまま体に戻ることができなければ……。

夕暮れを待たずに、俺は丘の上の教会に向かった。ほかに行く場所もなかったし、少しでも早く彼女に会って俺の話を聞いて欲しかったからだ。

久しぶりに訪れた教会は、俺が小学校の頃のままだった。少ししっくいが剝《は》げたところが目立つようになってきてはいるが、丁寧《ていねい》に手入れされているのだろう。

あいにくと神父様の姿は見えなかったが、元気だろうか？　最後に俺がここに遊びに来てから、5年ほどが経っている。その間に神父様が代わったという話は聞いていないので同じはずだが……。

ここを遊び場にしていた俺たちは、よく悪戯《いたずら》などして怒られたものだ。しかし、神父様は、最後には必ず笑って俺たちを許してくれた。そして、俺たちはそんな神父様の笑顔が大好きだった。

あれは、俺がまだ小学校の低学年ぐらいだった頃のことだ。俺はその日も、遊那と一緒に教会に来ていた。もちろん、祈りをささげたりするためではない。教会の裏庭にある、ブランコで遊びたかったのだ。

俺は、遊那にブランコの順番をゆずり、彼女が楽しそうにこいでいるのをぼうっとながめていた。その時……遊那が、急にブランコから飛び降りるようにして降りた。

『あれ？　遊那、もうおしまいでいいの？』

『ううん、元樹……あれ……』

そういって遊那の指差したのは、なんの変哲もない教会の屋根だった。

『屋根が、どうかしたの？』

『ううん、そうじゃなくて……あそこ、ほら、鳥さんの巣！　猫が！』

『え？……あっ！』

言われて目を凝らしてよく見てみると、屋根の下には確かに遊那の言うとおり、小鳥が巣を作っていた。そして今、その巣で親鳥の帰りを待っている小鳥たちを、体の大きな黒い猫がじっと狙っているところだったのだ。

『ね、あのままじゃ食べられちゃう！　どうしよう！』

『どうしようって……よし！』

俺は、足元に転がっていた手ごろな大きさの石を拾い上げると、力いっぱい黒猫に向かって投げつけた！……が、残念ながら石は少し離れた場所に命中した。しかし、それが結果的に小鳥たちを救うことになったのだから、まさに神のご加護でもあったのかもしれない。

『ガチャンッ!!』

『ふにゃっ!?』

俺の投げつけた石は、黒猫ではなく、そばにあった教会の明かり取りの窓ガラスに命中したのだった。そのガラスの割れる大きな音に驚いて、黒猫は一目散に逃げていった。

『ふぅ……よかった……さっすが元樹！』

『ま、まぁ、ざっとこんなもんだって』

俺が小さな胸をそらせて、遊那に自慢しようとした時……。

『こらっ！　誰ですか！　ガラスを割ったのは！』

大きな音を聞きつけた神父様が、あわてて走ってきたのだった。神父様は、つるりと剃《そ》った頭を真っ赤にして怒っていた。

『ガラスを割ったのは、どちらですか？　本当のことを言って反省するならば、罪にはなりませんよ？』

『あ、あの、ゆーなが……』

『俺です！　俺が割りました！』

おずおずと遊那が名乗り出ようとしたのを片手で制して、俺は神父様に頭を下げた。理由はなんであれ、ガラスを割ってしまったことは事実なのだ。

『元樹くんですか……でも、どうして？』

『あの、それは！　えっえぐっ……』

『いいよ遊那……泣くことじゃないだろ？』

『だって、だって……』

『おや、やはり何か理由があったんですね』

『うん、あのね……』

そこで俺は、小鳥を助けるために石を投げたこと、石が狙いからはずれてガラスに当たってしまったことを伝えた。

『なるほど。そういうわけだったんですね。よく話してくれました』

『……し、神父様、あの……』

『どうしました？　遊那ちゃん？』

『あの、だから、元樹を怒らないで……ゆーなが頼んだのがいけないの！』

『ゆーなは何もしてないだろ？　いいんだよ、俺が悪いんだから！』

『あははは。大丈夫、私は怒ってなんかいませんよ』

そう言って神父様は、どちらに責任があるのかで、新しいケンカになってしまいそうな勢いだった俺たちの頭をゴシゴシとなでると、にっこりと微笑《ほほえ》んだ。

『でも、さっき、神父様、真っ赤になって怒ってた……』

『あはは、アレは、もしガラスの下に誰かいたら大変なことになってしまうところだったから、つい興奮してしまったんですよ。まぁ、誰も怪我がなくて本当によかった』

『でも……ゴメンナサイ。ガラスはべんしょーします！』

『あはははっ。大丈夫、ガラスを買うお金ぐらいは教会にはあるからね。それより、素敵なことをした貴方《あなた》たちにプレゼントをしましょう』

『えっ？　プレゼント？』

『……はい、これです』

神父様が胸のポケットから取り出したのは、小さなビンに入った一枚の白い羽だった。ビンにはコルクでせんがしてあり、何か読めない言葉……たぶん英語が書いてあったような気がする。

『なんの羽なの？』

『これは……じつは天使の羽なんです……』

教会の裏庭に回って、昔のままの小さなブランコを見つけた時、俺はそんな事件を思い出していた。最初、神父様は俺にくれようとしたのだけれど、俺は最初に小鳥を助けようとしたのは遊那なのだからと言って、彼女にそのご褒美《ほうび》を譲《ゆず》ったのだった。

「ねぇ、何をぼうっとしてるの？」

（えっ？）

急に誰かに話しかけられて、俺はびっくりして振り向いた。すると、そこには小学生ぐらいの女の子が、ニコニコしながら立っていた。

「おにーちゃん、頭でも悪いの？」

（な、き、キミは俺が見えるの？）

「えー？　見えるよ？　それが、どうかした？」

その少女は、あっさりと言ってのけた。

（いや、どうかしたっていうか……なんで見えるの？）

「だって、見えるんだからしょうがないよー。ね、そんなことどいいからヒマ？」

（いや、ここで人を待ってるんだよ）

「待ってるって、やっぱり幽霊の人？　あ、生霊《いきりょう》かな？」

（えっ!?　キミ、俺がどんな状態なのかわかるの!?　キミ、何者!?）

「キミキミうるさいなー。私は咲坂《さきさか》麻衣《まい》。麻衣でいいよ。見ての通り、ごくごくふつーの小学6年生だよ」

確かに、言われてみれば彼女の着ている制服は、俺も通っていた小学校のものだ。

しかし、普通の小学生に、俺が見えるものなのだろうか？

「それで、おにーちゃんの名前は？」

（俺？　俺は穂村元樹。元樹でいいよ）

「え？　もとき……そ、そっか。じゃ、元樹はなんで生霊になっちゃったの？」

（ああ、それは……）

そこで俺は、自分の身に何が起こったのか、自分でわかっている範囲で麻衣に教えた。

こんな突拍子もない話をして、最初は笑われるかと思ったが、意外にも麻衣は真剣に俺の話を聞いてくれた。

「ふむふむ。なるほどねー。ま、元樹も大変なわけだ」

(うん……それにじつは、俺が見えた人って、キミ……麻衣でふたりめなんだよ。だから、驚いちゃって)

「私は霊感強いってよく言われるから。それで、もうひとりは誰？」

(うん、じつは、そのもうひとりの子と、これからここで待ち合わせなんだ)

「へー。そうなんだぁ……あれ？　でも、それって、もしかして……」

麻衣が何か言いかけた時、ちょうど待ち人が現れた。

「……待たせたわね」

(あっ！　小雪！　来てくれたんだ！)

「やっほー！　小雪！」

(えっ？　麻衣の知り合い？)

「……元樹こそ、麻衣の知り合いなの？」

何やら人間関係の把握がおかしなことになっているようだ。俺は、一度整理するために、小雪に麻衣とはさっき出会ったことなどを伝えた。

「……そう」

「あははっ。私はねー、小雪のしんしょーなんだよ」

（師匠？）

「うんっ。お師匠様ってやつね。小雪に力を教えたのも、私なんだから」

「麻衣……」

麻衣の言葉に、小雪が少し咎《とが》めるような声を出した。

「あれっ？　元樹に、力のことは教えてないの？」

「……必要ないから」

「でも、力が使えないと、いろいろ不便だと思うよ～。今のままじゃ、霊体だから、何もできないでしょ？」

何やら俺の理解を超えたところで話が進んでいたのだが、麻衣の最後の言葉だけは気になった。もし、その力とやらが使えれば、何かできるのだろうか？

（なぁ、力って何なんだ？）

「何って言われても……言葉で説明するのは難しいよぉ。小雪、見せてあげたら？」

いつのまにか、ブランコに座っていた麻衣が、俺の問いに答えてくれたが、小雪は協力してくれる意思はあまりないようだ。

「……」

（頼むよ！　何かできるなら、その可能性に賭けたいんだ！）

「……」

(このまま……このままじゃ、俺、どうしたらいいのか……)

「……一度だけよ」

(小雪！　ありがとう！)

「そんなに難しいことはないわ……ようは意識の集中の問題」

そう言って、小雪は両手を水を汲むような形にすると、体の前に突き出した。そして、じっとその手を見つめる……すると……。

(あっ！　な、何!?　これ!?　光ってる！)

そう、彼女の両手から、やわらかく優しい光が、ほんのりとこぼれはじめたのだ。もちろん、手のなかに何か持っているわけではない。彼女の両手の間の空間が、そのまま発光しているのだ。

「……これは、力をイメージとして見せただけ」

(いわゆる、超能力みたいなモノ？)

「そうね……超能力というよりは、霊力……念力かしら。本来なら、誰でも持っているはずの力を、どれだけ使えるかということ」

(でも、俺、今までそんなの使えたことないよ？)

「……私は……少し特別だから……。でも、今のあなたは霊体だから、肉体の時よりも力を使うのは簡単なはずよ。純粋な精神に近いから……」

（そ、そういうものなのか）

言われてみれば、空も飛べるぐらいなのだから、超能力のひとつぐらい使えても不思議ではない気もする。俺は、小雪の先ほどのポーズを真似すると、言われたとおりに意識を集中してみた。

（……むぅ……たぁっ！）

しかし、ふたりの女の子だけに聞こえたであろう、俺の気合の入った叫び声が響いただけで、何も変化は起こらなかった。

「大声を出す必要はないわ。集中するの」

（集中ねぇ……）

「まーったく、出来の悪い生徒を持つと大変ねぇ」

「麻衣……」

それまでブランコの上から俺と小雪のやり取りを眺めていただけの麻衣が、やれやれといった表情で降りてきた。

「しょうがない、麻衣先生が、直々《じきじき》に教えちゃおっかな」

（え？　麻衣も何かできるのか？）

「できるのか？……じゃないわよ。大体、さっきも言ったでしょ？　小雪にいろいろ教えたのは、私なんだから」

（そういえば、そんなことも言ってたな）

俺は、つい先ほどの麻衣とのやり取りを思い出して言った。

「それじゃ、教会のなかに移動ね。あれ使えばできるでしょ」

「……あれを使うのね」

（え？　アレって？）

「まぁまぁ、見ればすぐにわかるから」


教会にやってきたのが久しぶりなのだから、このなかに入るのも久しぶりなはずだ。

しかし、教会のなかは、外観以上に数年前と変わっていなかった。まるで、ここだけ時が止まっているかのようだ。

（うわぁ……懐かしいなぁ。全然変わってないや）

「……元樹は、前にも来たことがあるの？」

（ああ。俺、ちっちゃい頃、ここでよく遊んでたんだ）

「そうなんだ……」

（ん？　麻衣？　どうした？）

「ううん、なんでもないよ。それより、こっちこっち」

そういって、麻衣は祭壇《さいだん》の前にある燭台《しょくだい》の前に俺をいざなった。燭台には長いロウソクが立てられているが、今は火はついていない。ということは……？

（まさか、このロウソクに火をつけろ……とか？）

俺がふっと思い浮かんだ方法を口にすると、麻衣は笑った。

「まぁ、そんなところね。でも、そこまでのコトができるようになるには、かなり練習しないとムリね」

（それじゃ、どんなことを？）

「ちょっと待ってて……小雪、お願い」

麻衣に促された小雪は、祭壇の下からマッチ箱を取り出した。そして、なかから取り出した一本のマッチに火をつけると、ロウソクに灯す。

「準備オッケーね」

（あ、なんとなくわかったような……消すの？）

「……最初から消すのは難しいわ。まずは、揺らすところからね」

（なるほど……）

「こういう感じで」

（……！）

小雪がロウソクの炎に手をかざすと、炎が左右にゆらめいた。もちろん、息を吹きかけたり、風があるわけではない。彼女は、その力を使って炎を揺らめかせているのだ！

「元樹も、これぐらいならできるでしょ」

（うーん、とりあえず挑戦してみるよ）

すると、麻衣が少し厳しい顔で言った。

「私、『とりあえず』って言葉嫌いなんだ。元樹は今、とりあえず……なんて言っってていい状態なの？　『絶対マスターしてやるっ』ぐらいじゃなきゃ、ダメなんじゃないの？」

（あ……ごめん、そうだな。教えてもらうほうが一所懸命やらないと）

「わかればよろしい。それじゃ、さっそくいってみよう！」

（……むむむむ……むぅ……）

「だから、声はいらないんだってば」

（そうは言っても……なんか、雰囲気ってやつだよ）

「ま、どうせ普通の人間には聞こえないからいいけどね」

それから、１時間ほど俺は炎を揺らすための特訓を続けた。しかし、依然として炎は俺の手のなかで揺らめいてはくれなかった。

（何か、コツみたいなものとかってないの？）

「……集中すること」

（うーん、それがわかんないんだよな……）

「あとは、できると思う気持ち」

「そう！　やる気の問題よ！」

（やる気……ねぇ……）

「大体、元樹は力が使えるようになったら、何をしたいの？」

（力が使えるようになったら……）

もし、その力が使えるようになったら、みんなに気がついてもらえるかもしれない。

いや、それだけじゃない。なんとかして体に戻って……そして……。

（……ふぅ……）

俺は、あらためて精神を統一しようと試みた。手のひらのなかの炎だけに、俺の意識のすべてを没入させていく。揺らす……のではない。揺れるのだ……。

　ふわり。

（……！）

　確かに、今、炎が揺れた！

「おっ、やっとできたね」

「……ずいぶん……かかったわ」

「でも、今のって、炎と一体化っていうより、この場の空気そのものと同調してた感じだったね。もしかしたら、結構いい素質あるのかもよ？」

（そ、そうなのか？）

「あまり調子に乗らないほうがいいわ」

　喜んだ俺を、小雪が冷静な声でいさめた。

「力を使うことは、精神的に消耗するから。無理は禁物」

「そうだねー。疲れたショックで、霊体の糸がプツッといっちゃったら、もう元に戻れないしね」

（えっ？　それってどういうことなんだ？）

　態度は少しませた小学生そのものだが、麻衣の霊に対する知識は、どうやら深いものらしい。小雪に力の使い方を教えたという話からも、信用してもよさそうだ。

「元樹、今の自分の状態わかってる？」

（え？　うーん、幽体離脱みたいなものかな？）

「……まぁ、大体そんなところね。だから、普通の人間には見えないし、聞こえない。麻衣や小雪みたいに、霊感の強い美少女は例外だけど」

美少女に何の関係があるのか……しかし、俺はあえてつっこむのをやめておいた。今、麻衣の機嫌を損ねて良いことなど何もない。

「でもね、それって無理矢理そうなっちゃったわけでしょ？　だから、とっても不安定な状態なんだよね」

（不安定……か）

「うん。ところで、元樹の体は、今、どーなってるの？」

（ん？　どうって……病院で寝てるけど）

俺はあらためて、自分がなぜこのような状態になってしまったのかを、ふたりに説明した。もちろん、俺の記憶がある範囲で……だが。

「なるほどね。でも……それって結構マズイかも」

「……そうね」

(えっ？　ど、どうして？)

「普通、そういった形での霊体の剝離《はくり》現象って、すぐに元に戻るんだよね。でも、そうじゃないってことは……」

(ことは？)

「確実なことは言えないけど、何かが元樹が体に戻ることを拒《こば》んでる可能性があるわね」

(な、何かって何!?)

「そんなの、麻衣にだってわかんないよー。でも、体に戻るための最低条件だったら、わかるよ」

　そう言って、麻衣は祭壇の上にちょこんと腰掛けた。

(条件って、何が必要なんだ？)

「うーんとね、まずは体が元気なこと」

(それは……たぶん……大丈夫だと思う)

「次に、元樹自身の体に戻ろうとするつよーい気持ちがあること」

(うん。それは大丈夫)

「最後に……」

　そこで、麻衣は少し言葉を切った。

（なんだよ、最後の条件も教えてくれよ）

「あのね、最後の条件は、元樹自身がどうこうっていうコトじゃないんだ」

（それって、どういうこと？）

「……ほかの人の、元樹を思う気持ち。本当に元樹のことを心配してくれて、帰ってきて欲しいと思ってくれる人がいるのなら……可能性は高くなると思うよ」

（あ、それなら……きっとそれも大丈夫。うん）

「そっか。なら、きっとそのうち元に戻れるよ」

そう言って、ぴょんと祭壇の上から飛び降りた麻衣は微笑んだ。

「あ……ひとつ、気をつけて」

（え？　何？）

あまり口を開かなかった小雪に急に声をかけられて、俺は振り返った。

「さっきも言ったけど、力を使うと疲れるわ。そうしたら、自分の本当の体のそばで眠るといいわ」

（寝るってことができるのかな？）

「それは大丈夫。自然と、そういうことはわかると思う」

（そういうもんなのかな……）

「ええ。あと、さっきも言ってたけど、自分の体からヒモのようなものが出ているでしょう?」

(ああ、なんか、これってどんどん伸びるんだよな。体につながってたけど)

「それは、あなたと体がつながっている証拠。それが消えたら、もう元に戻れる可能性はないと思ったほうがいいわ」

(でも、どうやって気をつければいいんだ?)

「それが普通の物質的な力で切れることはないわ。でも、あまり体と離れている時間が長すぎたりすると……」

小雪は言葉を途中で切ったが、おそらくその時は、本物の幽霊になってしまうということなのだろう。

「ま、そういうこと。なんかわかんないことあったら、ここにまた来てね。ね、小雪もいいよねっ?」

「あまり来られると迷惑だけど……学校でつきまとわれるよりは」

「ならオッケーってことだね」

「……」

(ありがとう。いろいろと、参考になったよ)

俺は、素直な気持ちでふたりに頭を下げ、その場をあとにした。

なんだか、とても疲れた気がする……小雪が言っていた通り、精神力を消耗したということなのだろうか。だとしたら、小雪の勧《すす》めどおり、自分の体の近くで眠ったほうが良いのだろう。

いつの間にか、外はすっかり暗くなってしまっていた。俺は、少しフラフラする霊の体で、ふわふわと病院へ向かった。

第3章　～葬られた時間～

翌朝……そう、俺はいつの間にか眠っていたらしい。小雪の言っていた通り、霊体だからといって、あまり深く考える必要はなかったようだ。

俺はベッドの上空から、自分の顔を覗きこんでみた。自分の顔が目の前にあるというのは、とても変な感覚だ……。ただ、とりあえず、俺の体には目立った傷跡などはなさそうだ。これなら、今にも起き上がっても不思議ではないような気もする。おそらく、麻衣の言っていた条件のひとつの、肉体側の心配はしなくても大丈夫だろう。

俺は自分の体に別れを告げると、病院のほかの場所へと行ってみることにした。確か、ここの病院では翔子が売店でアルバイトをしていたはずだ。

昨日、カレンダーを見た時に日付は金曜日だった。ということは、今日は土曜で学校も休み……すなわち、翔子がいる可能性も高いというわけだ。

めざす売店は、すぐに見つかった。この病院自体、何度もお世話になったことがあるだけでなく、翔子がアルバイトをはじめたと聞いて、遊那と冷やかしに来たこともあったからだ。

「いらっしゃいませー！　ハイッ、税込みで千と五十円になります！」

間違いない、いつも通り元気な翔子の声だ。俺は、なんだか少しほっとしたような気持ちになって、彼女に近づいていってみた。

「はーい、おつりが二百と十五円になりまーす。ありがとうございましたっ！」

病院のなかにしては少し声が大きすぎるような気もするが、翔子はそれについて、俺と遊那が覗きに来た時に説明してくれた。

『あのね、ここって病院だから、どこか悪い人が多いわけよ。そんな人に、少しでも元気をわけてあげたいじゃない。私、元気だけはありあまってるからさ』

翔子はどうやら、将来も医療関係の仕事に就《つ》きたいらしい。看護婦などの勉強もしているようだが、翔子ならきっと元気で一所懸命ないい看護婦になることだろう。

……しかし、そうやって元気を振りまく翔子も、今の俺の存在には気がついてはくれない。

（翔子、ここ、ここに俺はいるんだ！　俺の声、聞こえないか？）

「いらっしゃいませー！　あ、お久しぶりですね。足のほう、大丈夫ですか？」

（やっぱり、ダメなのか……）

トゥットトゥットトゥッ〜チャーラーチャラッチャ〜♪

俺があきらめかけた時、翔子の携帯が鳴った。どうやら、電源を切るのを忘れていたようだ。翔子も、病院内で勤務中なので、そのまま電源を切ろうとしたようだ……が、ウインドウに表示された相手の名前を見ると、売店のカウンターの下にかがみこむようにして電話に出た。

「……もしもし、今、バイト中なんだけど」

俺は悪いとは思いながらも、その翔子の少し慌てたような態度と会話の内容が気になり、携帯のスピーカーに重なるようにして耳をあてた。

「いや、ごめん、でもちょっと、マズイことになっちゃってさ……」

この声……電話の主は、龍作のようだ。何かトラブルが起こっているようだが……。

「何？　まさか、あのことがバレたの？」

「いや、まだそこまではいってないんだけど……さっき、遊那から電話があってさ、部屋の写真のことを聞かれたんだよ」

「写真って……まさか、元樹と遊那が一緒に写ってるやつ？」

俺？　しかし、俺が遊那と一緒に写っていて、何が悪いのだろう。大体、そんな写真は子供時代までさかのぼれば、いくらでもあるはずだ。

「そう、まさにそれなんだ。なんかさ、ポスターの裏に隠すみたいにして貼ってあったらしいんだよ。それで、たまたま上に重ねてあったのがはがれて……」

「あちゃ……遊那のおじさんとおばさんも、そこまでは気がつかなかったのね」

いったい、このふたりは何のことを話しているのだろう？　遊那のおじさんとおばさんが、俺の写真を隠していた？

「ああ、そうみたいだ。それで、遊那が気味悪がってオレのところに電話かけてきたんだ。まぁ、昔のクラスメイトの池田とか適当なこと言って、ごまかしといたけどさ……あとで、翔子からもフォローしといてもらえないかな？」

「池田くんってことにしたのね。わかった。でも、このままだと、いつバレるかわからないわね。それに、やっぱり元樹もかわいそうだよ……」

「……そうだな……でも、遊那を守るためには仕方ない」

「うん、それもわかってる……元樹のことを遊那が思い出しちゃったら、事故のことまで全部思い出しちゃうだろうから……」

「ああ。そんなことになったら、遊那の心が耐え切れない……だからこそ、遊那はアイツのことを記憶の底に閉じ込めちまってるんだろうからな」

な、なんだって……!?　遊那が、俺のことを……忘れている!?　まさかそんな……。

しかし、そう考えると、教室での俺の存在を忘れているかのようだった不可解な行動にも説明がつく。だが、そんなことが⁉

「私、今日はバイト早上がりだから、帰りに遊那の家に行ってみるよ」

「ああ、そうしてもらえるか。悪いな」

「あ、ごめん！　お客さん！　それじゃまた！」

俺は、翔子があわてて新しくやってきた客の相手をしている横で、少し考えをまとめてみることにした。

どうやら、今の話しからすると遊那は俺の記憶を失っているらしい。そして、それを思い出してしまうと、遊那は心に深い傷を負う可能性がある……と。確かに、似たような話はテレビなどで見たことがある。人間は、自分自身の辛い記憶から身を守るため、時として記憶の改ざんまですることがあるという。遊那はおそらく、俺が彼女を守って車にはねられたという事実に耐え切れずに、俺という存在そのものをなかったことにしてしまったのだろう。とすると……。

ここで俺は、ひとつの大きな問題が発生していることに気がついた。昨日、麻衣が言っていた肉体に戻るための条件には、『愛してくれている人間の願い』というものがあったはずだ。俺は、この条件は遊那が満たしてくれるものと思っていた。しかし、今の記憶を失っている彼女では……。

　では、一体、どうすればいいのだろう？　どうにかして、遊那に記憶を取り戻してもらう……が、そうすると、彼女は自責《じせき》の念に耐えきれず……いや、しかし彼女が記憶を封印したのは、そもそも俺が事故に遭《あ》ったことを知ったからだ。ならば、俺がすぐに体に戻って元気な姿を見せれば、大丈夫かもしれない。

　こうして、俺のやるべきことは決まった。体に戻るためにも、何としても遊那に記憶を取り戻してもらうのだ。


　遊那の住んでいるアパートは、俺の家からも歩いてすぐのところにある。もともと、彼女はこの近くに家族と一緒に住んでいたのだが、春の人事異動で父親が遠方の勤務に転勤になってしまったのだ。最初は、父親に合わせて家族全員で引っ越すつもりだったらしい。

　しかし、その案は遊那の強い反対によって却下された。遊那は、『これから受験の年なのに、急にほかの土地に行ったら勉強に集中できない』と説明したらしいが……本当は、ただ単に俺と離れるのが嫌だったからだと、あとで笑いながら教えてくれた。

　そんなわけで、今の遊那は元の家があった場所から近い場所に、ひとりでワンルームのアパートを借りて住んでいる。病院を出た俺は、すうっと空を飛んで、そのアパートへと向かった。

閉ざされたままの玄関を通りぬけると、俺は遊那の部屋に向かった。遊那が引っ越してから何度か遊びに来たことはあるが……まさか、こんなかたちで来ることになるとは夢にも思わなかった。

部屋のなかに入ってみると、遊那はベッドにもたれかかるようにして、雑誌を読んでいるところだった。

「にゃー。かーわいいなっ♪　くまんばび～♪」

遊那の読んでいる雑誌のページには、蜂のコスプレをしたクマのようなキャラクターのグッズが、通販カタログのように紹介されていた。これは、遊那のお気に入りのテレビのキャラクターで、『くまんばび』という。遊那はくまんばびの大ファンで、部屋のなかには、ぬいぐるみやポスター、文房具から食器にいたるまで、あらゆるところにくまんばびグッズが並べられているのだった。

ちなみに、今、遊那の座っている隣に置かれているくまんばび人形は、俺が遊那の去年の誕生日にせがまれて買ってやったものだ。サイズが大きいので少しイタい出費ではあったが、遊那の喜びようもすごかったので、俺は満足していた。

……プレゼントと言えば、俺は胸の内にひとつの傷を抱えていた。それは、当時小学生だった俺と遊那が、いつものように丘の上の教会に遊びに行った時のことだった。

『わーっ！　きれいだよっ！　ね、ね、見て見て！』

『うん……きれいだな……』

いつにない人ごみになんだろうと思って近づいてみると、その日は誰かの結婚式が行われていたのだった。遊那は、新婦の純白のウエディングドレスを見ると、大きな声ではしゃぎたてた。

『すごいなぁ！　いいなぁ！　ゆーなも、あんなの着られるかなぁ？』

ちょうどその時、結婚式は新郎新婦が指輪の交換をしようとしていた。小学生ながらもそれが何を意味するのか知っていた俺は、そこでポケットにジュースのプルタブが入っていたことを思い出した。

『ね、遊那、ドレスは今は無理だけど……ちょっと、左手を出してみて』

『なぁに？　こう？』

俺は、そっと差し出されたその小さな手の薬指に、プルタブをはめてやった。もちろん、俺に悪意などはまったくなかった。ただ、単純に遊那に笑ってもらおうと思っただけだったのだ。それなのに……。

『……うぅ……ふぇ……えーん！』

指にはめられたものが何なのかを見て取った遊那は、突然泣き出してしまった。その泣き声に、結婚式に招待されていた人々が、みんなこちらを振り返って何事かという顔で見ている。俺はあわてて、遊那の手を引いてその場を逃げるようにあとにした。

『ごめん、ごめんな、遊那……』

俺は、彼女の手を引いて走りながら、必死に謝《あやま》った。どうして俺は、あんなバカな贈り物をしてしまったのだろう。よりによって、大好きな女の子へのプレゼントに、プルタブを贈るなんて……冗談にしても、面白いものではなかった。

結局俺は、なかなか泣き止まない遊那をなんとか彼女の家まで連れて行くと、驚いている両親に引き渡して必死に詫《わ》びた。その時、遊那が泣きながら何かを言っていたが、それはよく聞き取れなかった。

そんなことがあってから、俺はそれまで以上に遊那に対して気を遣《つか》うようになった気がする。そして、それは俺が少しだけ大人になったきっかけだったのかもしれない。

「ばびんばび～♪　えへへへ」

うれしそうに、鼻歌を歌っている今の遊那は、昔のそんな出来事も忘れてしまっているのだろう。俺は、無性に悲しくなってきた。

なんとかして、俺のことを思い出して欲しい。このまま、一番大切な人に忘れられたままでいるなんて、耐えられない。しかし、今の俺にはどうすることも……。

(そうだ!)

しばらく遊那を見守っていた俺は、昨日、小雪と麻衣に教えてもらった力のことを思い出した。これをうまく使えば、何か俺を思い出すきっかけぐらいにはなるかもしれない。だが、俺ができることといったら、ロウソクの炎を動かす程度のことだ。

(それにしても……)

俺に関係のある何かを動かすことによって、俺を思い出してもらおうと思ったのだが、前に遊びに来た時に部屋のなかにあったはずのいろいろなモノが、きれいに取り払われている。ふたりで写っていた写真の入ったフォトスタンド、アルバム……きっと、翔子たちが電話で言っていたように、遊那の両親がどこかへ隠してしまったのだろう。とすると、何があるか……。俺は、遊那の部屋のなかをきょろきょろと見渡してみた。観葉植物、クローゼット、机、棚、ベッド……。

(あ、これなら!)

俺は棚の下の段に、遊那が『田中くん』と名づけていつも持っているカメラを見つけた。もしかしたら、このなかにまだ現像していないフィルムがあるかもしれない。それを見てもらえれば……。

目を閉じて両手をカメラにかざし、静かに意識を集中する。カメラは、ロウソクの炎と違って大きいし、重さもある。はたして、これを動かすことなどできるだろうか？

（いや、ダメだ。絶対にできると思わなくちゃいけないんだよな）

俺は決意をあらためて、ふたたびカメラに向き直った。こんどはしっかりとカメラを見つめて、カメラと同化するように意識を集中してみる。

（動け……動け……動く……動くんだ！）

……ことり。

「ほぇ？」

（やった！　動いた！）

わずかではあったが、俺の念によってカメラはその位置を変え、小さな物音を立てた。

遊那もその音に気づいたらしく、カメラの置いてある棚のほうに確認に行く。

（そうだ、そのままカメラを手にとって……）

「あれぇ？　田中くん、なんか今、動いたよーな気がしたけど……あはっ、そんなわけないよね♪　ゆーなのおばかさんっ♪」

（動いたんだよ！　俺が動かしたんだって！）

「あ、田中くん、まだフィルム残ってるね。あとでショコラが遊びに来るって言ってたから、激写しちゃおっと。ふに〜。ショコラ、ぷにぷにして可愛いもんね〜」

（いや、翔子の写真はいいから、今残ってるのをどうにかしてくれよ！）

「ふにゃー。お腹すいたっ！　なんか作ろっと♪」

（だ、ダメか……）

結局、俺のもくろみは失敗に終わったようだ。これから来るらしい翔子を撮って使い切ったら現像に出すかもしれないが、それではいつになるのかわからない。

（ほかに……ほかに何かないか……あっ！）

ふわふわと部屋のなかを漂っていた俺の目に、今月のカレンダーが目に入った。壁掛け用のこのカレンダーには、遊那の今月の予定らしきものが書き込まれている。

（たぶん、遊那のことだからきっと……あった！）

4月の15日。それは、遊那の誕生日。そこには大きな赤い丸が書かれていた。この日、俺と約束していたことを思い出してもらえれば、それが糸口になるかもしれない。

「おいしくできた〜な♪」

少しすると、遊那が自分で作った昼食を持って部屋に戻ってきた。白いご飯に卵焼きとソーセージの炒め物。簡単な料理だが、とても美味しそうだ。霊体になってからの俺は食欲を感じることはなかったが、なんだか急にお腹がすいてきた気がする。

「いったらっきまーす！」

うれしそうにご飯を食べはじめた遊那は、あっという間に全部平らげてしまった。

「ごっちそーさまっ！」

（はやっ！）

「ふにゃ……なんだか、食べたら眠くなってきちゃった……でも、食べてすぐ寝ると太るってショコラが言ってたなー。よし！　がまん！　がまんの子はお片づけ！」

なんだかよくわからない理屈で、遊那は自分の食べたあとの食器を片づけはじめた。

「ショコラ、夕方来るって言ってたから……それまで何してよっかなぁ。兵隊さんごっこでもしよっかな……」

（ゆ、遊那？）

「あっ、そうだ！　日記つけなきゃ！　たまってたもんね～」

片づけを終えた遊那は、パタパタと部屋のなかに走るように戻って来て机の前の椅子に座った。カレンダーに気づかせるなら、今だろう。

俺は今度はカレンダーの前に立ち、念を集中した……さっきのカメラで、だいぶコツをつかんだような気がする。サイズはカメラよりも大きいが、なんとかなりそうだ。

(……むぅ……はっ！)

気合を入れて声にしてみると、なんだかできそうな気がしてくる。そして……。


がさっ。


締め切った室内に風はないのに、カレンダーが揺れた。

(よしっ！)

「あれぇ？　どうしたのかな？」

遊那は立ち上がって、カレンダーの前で腕組みをした。

「今、なんか動いたような気がしたけど……気のせい？　さっきの田中くんもそうだったけど……あ！　わかった！」

(そう、俺がいるんだよ！)

「気のせいだね♪」

(い、いや、遊那？)

遊那の相変わらずの突き抜けた思考に、俺は頭を抱えた。

「あれー、でも、この印なんだろ？」

（そう！　それだよ！　お前の誕生日だろ！）

「そっか。ゆーなのお誕生日！……あれ？　そういえば、今年のお誕生日って、何か約束してたような気がするなぁ」

（よし！　そう、その約束は俺としてたんだって！　遊那、絶対部屋に居てくれるって言ってたじゃないか！）

「あれぇ？　ショコラとりゅんりゅんが来てくれるんだっけ？　うーん、でもなんか違うよーな気がする……去年はどうしてたんだっけ？」

去年の遊那の誕生日……確か、その日は俺と遊那と龍作、翔子の４人でパーティーを開いてやったはずだ。その時のことでも、思い出してくれれば……。

「去年は……あ、ショコラたちがパーティー開いてくれたんだっけ。楽しかったな♪ふたりずつでペアになって『人生山あり谷ありゲーム』して……あれ？　４人？」

（そう、４人！　俺もいたんだ！）

「えーと、ゆーなとショコラとりゅんりゅんと……あれれ？　あと誰がいたんだろ？うーんと……あ、そっか！」

（そう！　俺！）

「くまんばびだ！」

（ちっ、ちがぁぁぁぁう!!）

「そっかそっか。すっきりしたぁ……さーてとっ、お昼寝でもしよっと」

（ちょ、ちょっと遊那！）

しかし、俺のまさに声にならない叫びは、虚《むな》しく室内に響くのみだった。遊那の寝つきの良さは昔から尋常《じんじょう》ではない。ベッドに横になった次の瞬間には、すでに安らかな寝息をたてて夢の世界へと旅立っていたのだった。

（遊那……）

俺は自分のことを全然思い出してもらえないことに、深い悲しみを覚えた。だが、今の彼女の何の不安もなさそうな寝顔……もし、俺のことを思い出すことによって、それが奪われてしまうようなことがあったら、どうすればよいのだろう？　本当に、俺のしていることは正しいのだろうか？　このまま俺が消えてなくなってしまえば、万事解決するのではないだろうか？

「……き……」

（え!?）

「もにょ……き……」

（遊那！）

今、確かに遊那は『元樹』と俺の名を呼んだ！　たとえ、それが夢のなかのことだとしても……やはり遊那は、完全に俺のことを忘れてしまったわけではないのだ！

もしかしたら、俺がしようとしていることは、結果的に彼女を傷つけることになるかもしれない。しかし、俺はこのままでいるのは絶対に嫌だ。彼女に触れたい。その隣にいて、ずっと守ってやりたい。俺は、同じ人間として彼女の傍《そば》にいたい！

俺は決意を新たに固めると、そのまま翔子がやって来るのを待った。

ピンポーン。ピンポーン。

「ふぁぁぁい……」

何回目かのチャイムの音で、ようやく遊那は目覚めた。

「あ、もう6時……もうろくじじい……てへ」

化石のようなダジャレをつぶやきつつ、遊那は玄関へ向かい、翔子を連れて部屋に戻って来る。

「あれぇ？　この本、ちゃんとしまっといたのになー。変なの」

部屋に戻った遊那は、机の下に落ちていた本に気がついて拾いあげた。

「まったくもう……ちゃんと片づけぐらいしなさいよ」

「だから、したんだってばー」

「どこがよ……ほら、そのへんも散らかしっぱなしじゃない」

「あれ？　ホントだ！　なんかいろいろ落ちてる！　地震でもあったのかな？」

「今日はそんなのなかったわよ……まだ寝ぼけてるんじゃない？」

「そっかなぁ。えへへ」

しかし、じつはそれらは俺の仕業《しわざ》だった。俺は遊那が昼寝をしていた時間の間に、念力を使う練習をしていたのだ。おかげでだいぶ上達した気がする……が、落としたモノを持ち上げるまでには至らなかったというわけだ。

「あっ、そうだ！　ショコラにちょっと聞こうと思ってたことがあったんだ！」

「え？　な、何？」

無邪気に問いかけようとする遊那に、翔子は少し戸惑ったような返事をした。おそらく、龍作のところにあった連絡と、同じことを聞かれると思ったのだろう。

「あのね、じつは……」

「あっ！　ね、遊那、今日はお土産《みやげ》持ってきたんだ！」

「えっ？　なぁに？」

「じゃーんっ！　駅前のポステルのプリンだよ♪」

遊那の質問をはぐらかすように、翔子は無理矢理自分の持ってきた土産のプリンに話を持っていった。

「あー！　ホントだっ！　やったぁ！」

翔子のスポーツバッグのなかから出てきたプリンの箱を見て、遊那は飛び上がって喜んだ。遊那はここの店特製の『超なめらかプリン』が大好きで、よく学校が終わると俺と一緒に店に寄ってから帰ったものだ。

「でも、ゆーな、今月ちょっとお小遣いピンチなんだ……」

『超なめらかプリン』は確かに美味《おい》しいのだが、1個が三百円もするのが玉にきずだった。遊那は残念そうに、大きなため息をひとつついた。

「あはは。いいよいいよ、今日は私のおごりで」

「えーっ？　ホント？　ホントにホント!?」

「うん、バイト代も出たしね」

「やった！　ショコラ大好き！　にゃーん♪」

「わ、ちょ、ちょっと遊那！」

遊那には、うれしいと猫のものまねをするというクセがある。急に飛びつかれた翔子はバランスを崩して転んでしまった。

「あいたたた……」

「ご、ごめん、だいじょぶ?」

「もう、ホントにいつまでたっても子供なんだから……」

「えへへ。それじゃ、ゆーなは紅茶でもいれるね♪」

「なら、私はその間に、このへん片づけておいてあげるわよ」

「えーっ?　ショコラは今日はお客様なんだから、そんなことしなくていいのに」

「いいのいいの。遊那は美味しい紅茶をいれてくれればね」

「うんっ。なーににしよっかなぁ……ショコラ、ミルクティーでいい?」

「遊那のいれてくれるのなら、なんでも美味しいからいいよ」

「にゃー。ちょっと待っててね♪」

そう言ってキッチンに向かった遊那が部屋に戻ってきた時、その手に持ったお盆の上には、温かそうな湯気を立ててるミルクティーのカップがふたつ乗せられていた。

「お待ちどうさまっ!　ね、何の紅茶だかわかる?」

「え?　うーんと……あ、バナナ?」

「あったりぃ！　バナナチップの紅茶で、とっても甘くて美味しいんだよ♪」

……この紅茶は、俺も前に一度いれてもらったことがある。それは、確かにとても甘く美味しかった……だが、今の俺には、香りを感じるのが精一杯なのだ。残念ながら、その温かさに触れて味わうことはできない。

「ねー、ショコラ、それでさっきの話なんだけど」

「ん？　あ、ああ……えーと、プリン美味しい？」

「うんっ！　とっても！」

「あはは。よかった」

「それでね、そこにポスターが貼ってあったんだけど」

「……」

どうやら、今回の翔子の誘導は失敗に終わったようだ。遊那は、プリンをほおばって幸せそうな微笑を浮かべながら、翔子にたずねた。

「それでね、ちょっと剝がれかけてたのが落ちてきちゃったんだけど、その下に変な写真が貼ってあったの」

「へ、変な写真？」

「うん。あのね、ゆーなが、知らない男の人とふたりで写ってるの。ちょっと待っててね、あ、これこれ」

　そう言って遊那が机の引き出しから取り出してきた写真は、まぎれもなく俺と一緒に撮ったものだ。写真のなかの俺は照れてそっぽを向いているが、遊那のほうは力いっぱい抱きついてきているというものだった。

「ね、この人誰かなぁ？　ゆーな、身覚えがないんだけど」

（遊那……）

　こうやってあらためて知らない人だと断定されると、さすがにショックが大きい。こんな、決定的な写真を見てもまだ思い出してくれないとは……。

「こ、これって池田くんじゃない？」

「あー、りゅんりゅんもそう言ってた！　でも、池田くんって誰だっけ？　ゆーな、あんまり覚えてないんだけど……」

「ほ、ほら、1年生の時同じクラスだった池田くんじゃない！　ひ、ひどいなぁ遊那、忘れちゃったの？」

「えー？　1年生の時……？　あれ？　アルバムがないや。どこにしまったんだっけ」

「引っ越しの時に、どこかにしまったんじゃない？　そこまでは私もわかんないよ」

「あれー、おかしいなぁ。絶対持ってきてたはずなのに」

　このままでは俺はうやむやのうちに誰だかわからない『池田くん』とやらにされてしまう。なんとかして、遊那に本当のことを伝えたいのだが……なんとか、力を上手《うま》く使えないものだろうか？

「あんまり親しい間でもなかったからね……忘れちゃってても無理ないんじゃないかな」

「ま、いっか。でも、なんでゆーな、こんなにこの人にくっついてるんだろ……」

「た、たぶん、寒かったんじゃない？　ほら、池田くんも困ったような顔してるじゃない。そんなに親しい人なら、こんな顔しないって」

（そうじゃない！　そうじゃないんだって！）

「なるほどねー。ゆーな、この人に迷惑かけちゃったんだ」

（そうじゃないんだ遊那……）

「それにしても、この写真の遊那、楽しそうだね……。あ、だからきっとわざわざ取っておいたんじゃない？　とっても可愛く写ってるから」

「えへへ。そっかな。あ、ショコラ、見て見て！」

「え？　今度は何？」

「これ、なんだかくまんばびみたいじゃない？　ここをこうやって……」

遊那はそう言って、自分の持っていたミルクティーのカップの中身を、翔子に向けて見せた。その表面は、とろりとしたミルクティーと細かいチョコチップがマーブル模様を描いていたのだが、その形がちょうど顔のような感じになっていたのだった。

「えー？　どう見ればいいの？」

「ほら、ここところが耳でぇ、ここが鼻だよぉ」

「あはは。言われてみればそうかもしれないけど……遊那にかかったら、なんでもくまんばびにされちゃうんだから」

「えー、でも、ショコラのも何か絵になってるかもよ？」

「うーん、どれどれ……」

（これだ！）

俺は、直感的にひらめいた。この模様を、俺の力でなんとか操《あやつ》ることができれば、俺の存在を伝えることができるかもしれない！

（……ふぅ……むぅぅう……ぬぅぅぅぅ）

「あれ？　なんか、ショコラの模様、文字みたいだね」

「字？　あ、言われてみれば……」

「『も』って字に見えるよ」

そう、俺は自分の名前『もとき』の最初の文字である『も』を念の力を使って描いたのだった。さっきの練習の成果もあってか、だんだん念力の使い方にも慣れてきた。この文字も、我ながら上手《うま》く書けたものだと思う。よし、次は……。

「あ、なんか、ぐにゃぐにゃ動いてる……変なの」

「え？　わ、私、動かしてないよ？」

翔子は驚いて、カップを床の上に置いた。しかし、俺はかまわずそのまま文字を描くことに専念した。

「まだ動いてる……あ、止まった……」

「なんだろ？　『て』みたいに見えるね」

(違う！　そうじゃない！)

「なんかさ、こーゆーのってテレビで見たことあるよ！　これでね、どんどん文字が出てきて、それで文章になってたりするの！」

「あははは。遊那ったら、そんなことあるわけないじゃない」

「でも……あっ！　ほらっ！　また動いてる！」

俺は『と』のことはひとまず置いておいて、次の『き』に取りかかった。この文字は、前のふたつと比べると画数も多く、格段に難しい。描いているうちにだんだん、意識がぼうっとしてきたが、俺はなんとかやりとげた。

「『き』かな……『もてき』?」

「やだ遊那、ホントにそんな文字だったら怖いよ………それに、『もてき』ってなんだか意味不明じゃない」

「うーん、なんか間違えたかなぁ」

(そう! 2番目の文字が違うんだってば!)

「あ、もしかして、『と』だったかも」

「も……と……き……『もとき』!?」

その言葉を口にした翔子の顔が、さっと青ざめた。

「そ、そんなことって……ううん、違う、違うよ!」

(いや、違わない! 俺だ! 俺なんだよ!)

「ショコラ? どうしたの? 『もとき』ってなぁに?」

急に動揺した様子の翔子に、遊那も不審に思ったようだ。しかし、遊那は俺の名前を口にしたにもかかわらず、思い出してくれたような様子はない……。

「わ、わかった! これは『もどき』よ!」

(しょ、翔子! せっかく俺が伝えられたっていうのに!)

「あ、さっすがショコラ、あったまいい！　『もどき』かぁ。なるほど！」

（遊那も、それで納得するんじゃない！　大体、それでも意味わかんないだろ！）

「……ま、こんなのどっちにしても偶然よね。それより遊那、国語の宿題やった？」

「あっ！　そうだ！　それ、ショコラに教えてもらおうと思ってたんだよ！」

「はいはい、どうせそんなことだろうと思ってたわよ」

……結局、翔子によって遊那の興味は俺が必死に描いた文字ではなく、学校の宿題の話に移ってしまった。

（また失敗だ……）

そう思った瞬間、俺は急激に体の力が抜けていくのを感じた。マズい、このままだと意識が飛んでしまいそうだ。おそらく、文字を描くのに精神力を使いすぎたのだろう。

俺は最後の気力を振り絞り、体の待つ病院へと帰ることにした……。

第4章　～夢のなかへ～

気がつくと、俺は自分の病室にいた。昨日、遊那の部屋からどうやって帰ってきたのかはよく覚えていない。かなり精神的に疲労していたことだけは確かだが……。

ベッドに横たわっている、俺の肉体に取りつけられたコード類は、そばに置かれた機械に接続されている。これで体のいろいろな状態がわかるようだが、俺にはその使い方がわからなかった。ただ、上のほうのディスプレイに脈拍らしきものが映し出されているのだけはわかった。緑色のラインが規則的に波打ち、その右側に数字が表示されている。数字は大体、63から65の間ぐらい……もっとも、これが正常な数値なのかは、よくわからない。看護婦志望の翔子にでも聞いてみれば、わかるのかもしれないが……。

がちゃり。

その時、急に病室の扉が開き、誰かが入ってきた。手には大きな紙袋を持ったその少女は……翔子だった。俺は、ちょうど彼女のことを考えていたときだっただけに驚いた。

まさか、これも俺の力……？　いや、いくらなんでも、そこまですごいことができるわけがない。きっと偶然だろう。

翔子は、ベッドで寝ている俺のそばに来ると、隣に置かれている機械を確認した。

「64……65……64……うん、脈は大丈夫みたいね」

翔子が大丈夫と言っているのだから、きっと大丈夫なのだろう。俺は、少しだけ安心した。

「元樹……ごめん……ごめんね……」

翔子は、俺の肉体の顔を見て、小さくつぶやいた。

「元樹、きっと元に戻ったら怒るよね。私たち、遊那に、元樹がいなかったと信じ込ませようとしてるんだから」

やはりそうだったのだ。翔子と龍作は、すべてをわかったうえで、遊那のなかから俺の存在を消し去ろうとしている。なんてことだ……。

「でもね、わかって……わかってくれるよね？　だって、そうしないと遊那が、遊那が……これでもし、元樹だけじゃなくて遊那まで失うことになっちゃったら、私たち耐えられないよ！　だから……だから……ごめん！」

いつしか翔子は大粒の涙で俺の上にかかっている毛布に染みを作っていた。しかし、彼女はそれをぬぐおうともせずにつぶやき続けた。

「でも、でもね、元樹が元気になってくれるのが、ホントは一番なんだよ。そうしたら、遊那にも本当のことが言えるし、私も……ううん、私のことなんてどうでもいい。とにかく……早く意識を取り戻して……お願いだよ……私、これ以上、こんなお芝居を続けるの辛いよ……」

（翔子……）

そう、やはり翔子は俺のことも心配してくれていた……。しかし、親友を危険な目に遭《あ》わせるわけにもいかない……そのふたつの問題の狭間で、彼女は苦しんでいたのだ。

「ね、元樹、今日はお土産があるんだよ」

そう言って、翔子は持っていた大きな紙袋のなかから、千羽鶴を取り出した。色とりどりの折り紙で折られたその鶴たちは幾筋かのヒモでつながれており、それを束ねるようにして少し大きな真っ白の鶴がいる。

「バイト終わってから家で作ってたから、大分遅くなっちゃったけど……これ、ここにかざっておくね。あ、もちろん私だけじゃなくて、クラスのみんなとか龍作とかも作るの手伝ってくれたんだよ？　みんな、早く元樹に帰ってきて欲しいんだよ……本当にね……元樹……」

千羽鶴を壁にフックで取りつけようとした翔子は、涙で視界が曇っていたせいか、途中で何度も鶴を床に落としてしまった。

「あは。なんか、失敗してばっかり……遊那がうつったかな？　でもね、ここの白い鶴見える？」

　翔子は、眠りつづけるベッドの上の俺の肉体に向かって問いかけた。

「この鶴の羽にはね、『がんばって元気になって！』って書いてあるんだけど、これ、誰が書いたと思う？　遊那なんだよ？　私、『親戚の子供が……』とか言ってちょっとあの子にウソついちゃったんだけど、これぐらい許してもらえるよね。だって、やっぱり本当はあの子が一番、元樹の帰りを待ってるはずなんだもの……」

（翔子……ありがとう……）

　俺と翔子は中学校で知り合ったので、もうかれこれ5年程のつきあいになる。しかし、今まで俺は、彼女のこんな姿を見たことはなかった。俺は一体、みんなの何を見てきたのだろう？　わかりあえていると思っていても、それはまだまだ表面的な、未熟なものだったのかもしれない。本当の、心と心のふれあい……それが大切なのだということに、俺は今さらながら気づかされた気がした。

　だが……皮肉なことに、今の俺には肝心の肉体がない。みんなと触れ合うことも、語り合うこともできないのだ。

やはり、どうにかして体に戻りたい……何か、ほかに方法はないのだろうか？

それからしばらくして、翔子が部屋から出ていったあとも、俺は自分の顔を上から見下ろしながら考えていた。

あの力を使えばどうにかして……しかし、その『どうにか』がまったく思い浮かばない。何かの物体を動かしたりすることはできるが、それ以上のことは難しいのだ。

（よし、もう一度、あのふたりに相談してみよう）

もしかしたら、麻衣と小雪は力のほかの使い方を知っているかもしれない。もし、それが俺の状況を好転させるようなものだったとしたら……。

たとえそれがわずかな可能性だとしても、何もしないよりは良い。そう自分に言い聞かせて、俺は丘の上の教会に向かった。


日曜日の教会は、礼拝に訪れた信者たちでにぎわっていた。礼拝そのものはすでに終わっているようだが、敷地内のそこかしこに談笑する信者たちの姿がある。はたして、このなかで小雪たちの姿を見つけられるだろうか……。

俺はまず教会のなかから彼女たちの姿を探しはじめた。しかし、礼拝堂からトイレの前まで探したものの、彼女たちの姿はない。そこで俺は、いつものように裏庭に向かってみた。

裏庭にあるブランコでは、今日は別の子供たちが遊んでいた。小さな男の子と女の子がふたり……俺は子供たちを見て、自分の幼い頃を思い出していた。

そういえば、教会で遊んでいるときには、俺と遊那のほかにもうひとり女の子がいたような気がする。彼女の名前は何といっていただろうか……ひ……確か、最初に『ひ』が付いていたような……。

「やっ！　元樹！　元気だった？」

（うわっ？　あ！）

考えごとをしているときに、急にうしろから声をかけられて俺は驚いた。慌てて振り向くと、そこには、麻衣と小雪が仲良く手をつないで立っていた。

（麻衣に小雪！　よかった、ちょうど探してたんだ）

「んー？　何？　まだヒモはついてるから、完全な幽霊にはなってないみたいだけど」

「……麻衣ちゃん、私、ちょっと……」

「あっ、そうだ、ごめんごめん。なかで休んでなよ。私はここで、元樹と遊んであげてるから」

「……わかった……」

（なんだよ、『遊んであげてる』って……それより、小雪具合悪いみたいだけど、大丈夫なのか？）

「……」

だが、小雪は俺の問いかけには答えず、無言のまま教会のなかへと入っていってしまった。

（なんだよあれ……俺、そうとう嫌われてるのかな？）

「あはは。そうじゃないよ、小雪はあれでも、元樹のこと気に入ってるんだから」

（え？　ま、まぁ、それならいいけど……でも、体調悪いのは……）

「ああ、あれはしょうがないんだよねー。小雪から聞いてない？　あの子、心臓が弱いんだって。だから、ちょっと歩くと調子悪くなっちゃうんだよね。ほら、ここって結構高いところにあるじゃない？」

麻衣はさらりと言ってのけたが、それは笑って流せる話ではない。

（……俺……知らなかったよ……大変なんだな、小雪も）

「あはは。大丈夫、小雪には私がついてるから」

（それはそれで、なんか心配だな）

「ちょっと、どーいう意味よ!?　まったく、失礼しちゃうわ」

そう言って、麻衣はぷーっと頬を膨らませて見せた。

（そりゃ悪かったよ。ところで、今日は相談があって来たんだ）

「なーに？」

（あのさ、この前、力の使い方を教えてもらっただろ？　アレって、もっとほかのことに使えないのかな？　応用っていうかさ）

「できるよ♪」

（えっ!?）

あまりにあっさりと肯定されてしまったので、俺は拍子抜けしてしまった。

「なによぉ。自分から聞いておいてー」

（いや、そんなに簡単に言われるとは思わなかったからさ。それで、ほかにどんなことができるんだ？）

「うーん、元樹はどんなことがしたいの？」

（たとえば……そうだなぁ、普通に人に話しかけたりとか）

「なーんだ、そんなこと？　でも、なんで？」

またしても、何でもないことのように麻衣は笑いながら答えた。

（それは……）

そこで俺は、遊那が事故以来、俺に関する記憶を失ってしまっていることを教えた。もし遊那がこのままだと、この前、麻衣が教えてくれた体に戻るための条件を満たすこともできなくなってしまうと。

「なるほどねー。だから、その遊那って子に元樹のことを思い出してもらいたいわけだ」

(そうなんだ。それで、どうすればいいんだ？)

「その前に、あれからちょっとは力の使い方、練習してみた？」

(あ、ああ……ちょっとしたモノぐらいなら、動かせるようになったよ)

「え？　それだけ？」

(それだけって……だから、ほかにどんなことができるのかわからないんだってば)

俺が困ったような声を出すと、麻衣は腕組みをして考え込むようなそぶりを見せた。

「うーん……そのレベルだと……ちょっと難しいわね」

(えっ？　やっぱり無理なのか？)

「あのね、あの力って結局は意思の力なわけよ」

(うん、それはこの前も聞いた)

「ようするに、この世界にどれだけ干渉できるかってことだから、実際にはやろうと思えば何でもできるはずなんだよね。ほら、超能力とかってそういうもんじゃない？」

（そうなのかもしれないけど……）

「まぁ、でも、そのへんは『こじんのししつ』ってのにもよるからね」

（それって、俺には才能がないってこと？）

「あはは！　元樹、あったまいい～！」

（……）

どうも、麻衣と話していると調子を狂わされる。だが、今は麻衣に頼るよりほかに方法はない。それに、何といっても相手は小学生。この程度のことで怒っていては、おとなげないというものだ。

「あ、怒っちゃった？」

（……う……いや、大丈夫）

「まぁ、そんなわけだから、ちょっと元樹には難しそうだねー」

（それじゃ、どうすれば……）

「うーん……あっ！」

（え!?　何か方法があるの!?）

「ブランコ空いたっ！」

（……）

一瞬でも真剣になった俺がバカだった……。麻衣はパタパタと空いたブランコに向かって走っていって、勢いをつけて飛び乗った。

「あはーっ！　わーい！」

（……）

「ねーねー！　元樹も乗るぅ？　楽しいよー！」

（麻衣ッ！）

思わず、俺は大きな声を出してしまった……が、叫んでしまってから激しく後悔した。そもそも麻衣は、好意で俺に協力してくれようとしていたのだ。それを、少しぐらいふざけられたからといって、怒鳴るなんて……。

（ご、ごめん……俺、そんなつもりじゃ……）

「……」

（でも、俺、本当に真剣なんだ！　だから……それだけは、わかってほしい。俺には、麻衣たちしか頼れる相手がいないんだ……）

「ううん、私こそゴメンね。元樹には生きるか死ぬかってことなんだもんね」

（麻衣……）

「あのね、ひとつ良い方法を教えてあげるよ」

勢い良くこいでいたブランコを止めて、麻衣は軽く微笑んで見せた。

（えっ？　どんな!?）

「普通に話すのは難しいかもしれないけど……それなら、相手も意識の状態なら簡単ってこと。わかる？」

（ん？　えーと、相手も幽体離脱するってこと？）

「あはは、それができればもっと簡単だけど、普通の人には無理でしょ？」

（まぁね……でも、ならどうすれば？）

「だからね、夢のなかに入ってみなよ」

（夢に……入る!?）

「うん、それなら意外と簡単にできると思うよー。ま、霊的な相性とかってあるから、誰にでも成功するとは限らないけど」

「……記憶を取り戻すなら、退行催眠《たいこうさいみん》を使ってみるのもいいかも」

（あ、小雪！　もう大丈夫なの？）

「大丈夫……いつものことだから」

教会のなかから現れた小雪は、相変わらず無表情のままで言った。

（でも……）

その時、俺は気がついた。もしかしたら、小雪のこのいつもの無表情さは、彼女の作り上げた仮面なのではないだろうか？　彼女は、あまりまわりを心配させないために、苦しいときも無表情を保っているではないのか？……この体になっていろいろと考える余裕が出てきたせいだろうか、俺は前よりも自分のまわりの世界が見えるようになった気がする。しかし、小雪に余計な気をつかわせるのも嫌だったので、俺は簡単に言った。

（小雪、無理はするなよ）

「……ええ」

「おお、元樹も結構考えてるんだねー」

（えっ!?）

「あ、しまったっ！」

（まさか麻衣、俺の考えてることまでわかるのか!?）

「……う、うーん、ちょっとは。だって、元樹って霊体なうえに根が素直だから、直接思いが響いちゃうんだよね」

（そういうものなのか……じゃ、あんまり変なことは考えられないな）

「でも、それは麻衣ちゃんの力が強いから。私には無理」

（なるほど。あ、それより、さっき言ってたことなんだけど……退行催眠って？）

俺は、小雪の発したその耳慣れない言葉について聞いてみた。

「ある失われた記憶を取り戻すために、少しずつ過去にさかのぼって……その状況を細かくイメージすることで、なくした物を見つけたりするときに使う方法」

「ダメダメ～。元樹にせつめーするなら、もっとカンタンに言ってあげなきゃ」

（う……確かに……んで、麻衣はわかるのか？）

「もっちろん。ま、よーするに、催眠術よね」

（いや、それはわかる）

「あーっ、今、元樹、私のことバカだと思ったでしょー!?」

（え？　いや、あの、その……）


なにはともあれ、それから俺は、小雪と麻衣に退行催眠の方法を教えてもらった。

実際、小道具などで相手を催眠状態に陥《おちい》らせる雰囲気の部分さえなんとかなれば、俺にでもできそうだ。ただし、問題は……。

（なぁ、それを、今の俺がどうやってかけるんだ？）

「え？　あ……そういえば体が」

（小雪……頼めないかな？）

肉体を持たず、直接語りかけることもできない俺では、この術を使うことは不可能なのだ。となれば、誰かに頼むしかない。

「……嫌」

(なら……麻衣、今度飯でもなんでもおごるからさ)

「う、うーん、ゴメン、ちょっと無理だなぁ」

(ど、どうして!?)

「あのね、こういう催眠術って、相手に信頼されてないとダメなのよ。だから、私たちみたいに全然知らない他人がかけても、あんまりうまくいかないんだよねー。誰か、その子の友達にでも頼んでみたら？」

友達……そう言われて、俺の頭には翔子と龍作の顔が浮かんだ。しかし、それはそれで、もうひとつの問題がある。

(でもさ、その友達に俺の話を伝えるのってどうすればいいんだ？)

「だから、さっき言った夢のなかに入る方法を使えばいいじゃない」

(え？　夢のなかに……でも、具体的にどうすればいいんだ？)

難しそうなことを何でもないことのように言う麻衣の顔を、俺はまじまじと覗きこんだ。

「ちょ、ちょっと、いくら私が可愛いからって、そんなにくっつきそうなところで見ないでよー。恥ずかしいじゃない」

(……わかったわかった。それで、どうやれば夢のなかに入れるんだ？)

「えーと、夢を見てるときの人っていうのは、ほとんど意識だけでいわゆる霊体に近い状態から……うーん、なんていうか……言葉で説明するのは結構難しいんだよねー。小雪ちゃん、お願いっ」

麻衣に話を振られて小雪は少し困ったような顔をしたものの、やがてあきらめたような表情で語りはじめた。

「……一度しか説明しない……いい？」

そこで俺は、小雪から人の夢のなかへと入る方法を教えてもらった。ポイントとしては、モノを動かしたときと同じように、その相手に同調するということらしい。

「……ただ、霊体には相性があるから、誰にでも入れるとは限らないわ」

(なるほど、そういうものなのか……あ、でも、ひとつ思いついたんだけど)

「何？」

(この術で、そのまま遊那の夢に入って思い出させれば、話は早いような)

「それは……やめたほうがいいわ」

小雪は、ブランコから降りてきた麻衣の頭をやさしく撫でながら言った。

(どうして？　相性は試してみなけりゃわかんないだろ？)

「そうではなくて……その人が元樹の記憶を改ざんしてまで忘れているのならば、ショックが大きすぎるということ」

(ショックが大きい？)

「知らないはずの人が、自分の夢に現れる。心はそのこと自体に説明をつけようとして、さらに記憶を変えてしまうかもしれない……そんなことをしていたら、無理が重なって心が壊れてしまう可能性があるわ」

(そうか……俺、遊那のなかじゃいないことになってるんだもんな)

「あはは！　もー、元樹、そんな暗い顔しないでさ、やるだけやってみなよ♪」

(麻衣……そうだな。俺、頑張ってみるよ。今日はいろいろありがとう！)

「ま、ダメならダメでまた相談に乗ってあげるよ。その代わり……」

(ん？　何？　お金とかならあんまり持ってないよ？)

「そんなのいらないよー。ただ、また遊んでねー♪」

(あはは。わかったよ、俺が体に戻ったら、一緒に遊びに行こう。もちろん、小雪も一緒にな)

「……私は遠慮するわ」
「あーあ、元樹、フラれちゃったね」
（……ま、まぁいいや。いろいろありがとうな！）
「がんばってね～！」

小雪と麻衣に教えてもらった方法を試すために、俺は夜を待って翔子の家に行ってみた。

そういえば、翔子の家に来るのは結構久しぶりな気がする。だが、俺は昔の記憶をたどって、なんとか彼女の部屋の前にたどりついた。ドアに『ＳＨＯ』と書かれたプレートが下がっているので、間違いないはずだ。

すうっとドアを通りぬけると、部屋のなかはカーテンの隙間から入ってくる月光が唯一の明かりだった。見ると、翔子が寝ているベッドのそばには靴下やカバンなどが無造作に投げられていて、結構散らかっているのがわかる。

（……まったく、翔子も相変わらずだなぁ）

たまに女の子らしい仕草をしてドキッとさせられることもあるが、翔子は俺のなかでは何でも話せる友達といった感じで、あまり異性として意識したことはない。『男女間の友情はあり得るか？』と問われたら、俺は『ＹＥＳ』と答えるだろう。

そして、そんな彼女だからこそ、俺は信頼してここにやってきたのだった。もちろん龍作に頼むということも考えたが、遊那の扱いに関しては翔子のほうが確実に上だろう。

俺は翔子の額に自分の額を当てると（……こちらは霊体なので、直接触れてはいないが）、小雪たちに教わった通りに精神を集中しはじめた。他人の夢のなかに入るには、その人物にこちらの霊体を同調させる必要があるらしい。上級者になると、自分のそばに相手を引っ張ってくることも可能らしいが、今の俺には難しいとのことだ。

翔子の鼓動に自分の鼓動のタイミングを合わせ、俺はさらに意識を翔子の夢へと集中させる……さわやかな風とあたたかな日差し……なんとなくイメージはつかめてきた。あとは、このまま、俺の霊体が夢のなかにあるものとして認識できれば大丈夫なはずだ。いや、夢のなかを『現実』として認識するのだと小雪は言っていた。急激に、あたりの風景が闇に溶けこんでいく……そして、光が見えた。


気がつくと、俺は広い草原のような場所にいた。足元には澄んだ水の流れる小川があり、遠くに見える森のほうまで続いているようだった。

これが、翔子の夢の世界なのだろうか。だとしたら、翔子自身はどこにいるのか……

しかし、その心配は一瞬で消えた。『わかる』のだ。翔子がどこにいるのか、今の俺には感覚としてわかる。あの森の向こう、少し開けた小川の岸辺に彼女はいる。なぜわかるのか、その理由はよくわからないが……俺は両手を広げると、彼女のもとへと飛び立った。

「翔子！」

「……えっ!?　もっ、元樹!?」

しばらく飛びつづけた俺は、やがてイメージ通りに小川の岸辺でひとり、ひざを抱えて座り込んでいた翔子の姿を見つけたのだった。

「よかったぁ、見つからなかったら、どうしようかと思った」

「も、元樹？……そっか、これ、夢だもんね……はぁ」

「まぁ、夢なのは確かなんだけど、俺は夢じゃない」

「え？　どういう意味よ？」

「簡単に説明すると、翔子の夢のなかに俺の霊体が入ってきてるんだ」

「バ、バッカじゃないの!?……って、これは私の夢……ってことは、私、そんなに妙ちくりんな理屈つけるほど元樹のことを!?」

「おいおい、だから、そういう妄想とか夢とかじゃなくてだな……」

「だって、夢なんでしょ？　そうでなきゃ、元樹が空飛んだり、私のとこに来たりなんてするはずないもの。それに、元樹は……本当の元樹は……」

「だから、霊体なんだって言ってるだろ？」

「そ、そんなに言うなら、証拠を見せてよ！」

確かに、急に夢のなかに現れた友達が『夢じゃない』と言い張っても、何の説得力もない。それはわかるが、一体どうすれば信じてもらえるというのだろうか。とりあえず俺は、自分についてのことを話してみることにした。

「えーと、穂村元樹17歳、今年から3年B組。遊那とは去年のクリスマスから付き合いはじめて、友達は翔子と龍作。あと……その4人でこの前、遊園地に行った。んで、その帰りに事故にあっちゃって……」

「ねぇ、それって全部私も知ってることよ？……ってことは、やっぱり私が勝手に作り出した元樹ってことなのね」

「だから、違うんだって！　もう！　それじゃ、どうすれば俺が本物の元樹だって信じてもらえるんだよ!?」

「そうね……何か、私の知らないことを言ってみてよ」

「うーん、でも、それって結局証明することができないんじゃないか？……そうだ！」

「何？　ま、別に私は偽者《にせもの》でも元樹に会えてうれしいんだけど……」

少し、うつむいて照れたような表情を浮かべて翔子が言った。こんな翔子の顔を見るのは珍《めずら》しい……だが、今の俺にそんなことを気にしている余裕はなかった。

「じつは俺、あの日、車にはねられて幽体離脱しちまったんだ」

「はいはい。それで？」

「……冗談だと思ってるな……まぁ、それで、なぜか超能力みたいなのが使えるようになったんだよ」

「あはははは！　霊体の次は超能力!?　私の想像の元樹も、現実以上におバカなのね」

「あー、もう、笑いたければ笑ってくれ。とにかく明日、俺の病室にお見舞いに来てくれよ」

「明日？　まぁ、バイトだから別にいいけど……って、やっぱりあなた、偽者ね」

「ど、どうして？」

「だって……本物なら……そんなこと言われなくても、私が毎日お見舞いに行ってること知ってるはずだもの！」

「え？　翔子……そうだったのか……ありがとう……」

「な、何よ急に……調子狂うなぁ。ま、わかったわ。お見舞いに行くだけでいいのね？」

「ああ。頼むよ。翔子に、俺と遊那の未来が……かかって……るんだから」

「え？　元樹と遊那の？　どういうこと!?」

「それは……う……ね……眠い……」

どうやら、人の夢に入るなどという俺としては高度な術を使ったせいで、精神力を急速に消耗してしまったようだ。なんとかふんばろうとしても、意識が急激に薄れていく……。

「……だか……ら……頼……む……」

「元樹！　元樹ぃ！」


俺が自分の病室で目を覚ましたとき、すでに日は高く昇っていた。昨日、翔子の夢から抜け出した俺は、なんとかここまでたどり着いて休んでいたのだった。

しかし、予想以上に長く眠ってしまっていたようだ。翔子のバイトが終わるのは夕方の6時。それまでに準備を済ませておかなければならない。

俺は、この前、翔子がもってきてくれた千羽鶴を念力を使ってフックからはずし、床に落とした。そして、一番上で10本ほどのラインを束ねていた部分をばらし、数十羽の鶴が並ぶヒモのような状態にする。

　作業は順調に進んだ。ここ数日で俺の念力は大分強まってきているようで、最初はロウソクの炎を揺らすだけで精一杯だったのがウソのようだ。

……とはいえ、俺がすべてをやりとげた頃には、すでに日はすっかり傾いてしまっていた。そろそろ翔子が来てもおかしくない時間だが……。

「……元樹……入るよ……」

　翔子が入り口で遠慮がちに入室を告げて入ってきたのは、それから30分ほどしてからのことだった。

「ごめんね、バイトの片づけで遅くなっちゃって……ってあはは。ね、昨日《きのう》ね、元樹が私の夢のなかにでてきちゃったんだよ？　もう、びっくりしたよ……」

　翔子は俺のからだの横たわるベッドの端に腰掛けると、静かな声で語った。

「でもね、なんか私、びっくりしてそのまま追い返しちゃって……ちょっともったいなかったな。せっかく、私が夢で作り出したのにね」

（そうじゃない！　昨日のは、確かに俺自身だったんだってば！）

「そういえば、昨日、夢のなかの元樹、変なコト言ってたな……とりあえず、ここに来てくれってことだったけど」

(それは覚えててくれたんだな……よし!)

そこで俺は、先ほどの床に落とした千羽鶴に向かって念を集中した。さすがに全部を浮かせたりすることはできないが、少しぐらい動かすことはできるはずだ。

……かさり。

「えっ? なんだろ……」

(もう少し!)

……かさっ。

「え? あ、千羽鶴が落ちてる……せっかく作ってきたのに」

(ちょ、ちょっと待った! そのまま拾っちゃダメだ!)

「しかもヒモが取れてバラバラ……あれ?」

(そう! 気づいてくれ!)

これ以上、俺にできるコトはない。あとは祈るだけだ。

「……」

(ほら、よく見て……)

「?……M?」

(そう! そうだよ!)

「こっちが……H……あはは、なんか文字みたいに見えるけど、偶然よね」

しかし、それは偶然ではなかった。千羽鶴を床に落としてバラバラにした俺は、それを使ってメッセージを残しておいたのだ。もちろん、複雑なモノは無理だったが……。

「あれ？　MとH……MH……モトキホムラ……ぐ、偶然よね!?　この前のミルクティーも偶然だったし……」

(違う！　偶然なんかじゃない！　それは俺がやったんだ！)

「こ、こんなのただちょっと落ちたときに引っかかって、こうなっちゃっただけだよね。あは。あははは……ね、元樹、笑っちゃうよね？」

そう言って翔子は、ベッドのうえの俺の体に向かって笑顔を作って見せた。

(そうじゃない、なんとか……なんとか……)

俺は、必死で自分の体に念を送った。もちろん、大きく動かしたりすることができないのはわかっている。しかし、どうにかして……せめてひとこと……。

「……し……」

「え!?　も、元樹っ！」

「……」

「今、絶対しゃべったよね!?　『し』って言ったよね!?」

「……」

しかし、俺の力ではそれが限界だった。これ以上、休むことなく強い力を使うのは無理だ。

(翔子……頼む……信じてくれ……)

「……もしかしたら……昨日の夢……本当のことだったのかもね」

(翔子！)

「元樹！　聞こえてる？　もしかしたら、そのへんにいたりするんでしょ？　いるなら返事しなさいよ！」

翔子は、勢いよく立ち上がるとあたりをキョロキョロと見渡した。

「どこ？　どこにいるの？」

(ごめん、今の俺にはもう……)

「……ううん、夢でもいい……夢でもいいから……また、会いに来て！　今度は私、絶対に元樹の言うこと信じるから！」

(翔子……ありがとう……)

「それじゃ、また夢で……ね」

千羽鶴を元通りに直すと、最後にそう言い残して翔子は俺の部屋から出ていった。

とりあえず、俺の計画は成功だ。あとは、もう一度翔子の夢に入って、遊那に退行催眠をかけてもらうように頼むだけなのだが……さすがに力を使いすぎたのだろう。俺はまた急激な睡魔に襲われ、そのまま意識を失った……。

次に俺が目を覚ますと、すでに外は闇に飲まれ、月明かりとわずかな街灯があたりを照らしていた。少し寝て休んだせいだろうか、心なしか体が軽い気がする。俺は自分の体にまだ異常がなさそうなことを見て確かめると、翔子の元へと向かった。

夢のなかに入るのも、コツをつかんだ2度目からは大分楽だった。精神の集中にかかる時間もそれほどかからずに、俺は翔子の夢へと降りていった……。

「おーい！　翔子！」

「あ！　元樹！」

「約束通り、また来たよ。今日は、お見舞いに来てくれてありがとな」

「やっぱり……やっぱり元樹なんだね……」

「ああ。どうやら、やっと話を聞いてくれる気になったみたいだな」

「うん……だって……元樹……」

「えっ⁉」

急に胸に飛びこんできた翔子を、俺は驚きつつもなんとか抱きとめた。

「元樹……ごめん……ごめんね……みんな、知ってるよね……」

「翔子……」

翔子はあふれ出る涙をぬぐおうともせずに、俺の胸のなかで激しく泣きつづけた。その熱い雫《しずく》と彼女のぬくもりが、霊体同士の今、俺には感覚的に伝わってくる。こうして、人のぬくもりを感じるのも久しぶりだ……それに、翔子が涙を流すのを見たのは、ずいぶん昔のことだった気がする。肉体から離れると、人は皆、素直に、純粋な気もちになれるのかもしれない。


やがて、ようやく興奮から冷めはじめた翔子に、俺は状況を説明することにした。

「……俺自身の戻りたいっていう意思、体が元気なこと……このふたつの条件は、もうクリアーしてると思うんだ。だから、あとは俺をその、あ、愛していてくれてる……遊那の記憶を取り戻すことができれば、俺も体に戻れるんだよ!」

「で、でも、それって可能性に過ぎないわけでしょ? そ、それに、別に元樹を愛してるのって遊那だけってわけじゃ……あの……ほら、おじさんとおばさんとか」

「ん? 翔子、なんでそんなにムキになってるんだ? まぁ……うちの親父たちは、俺

がもうダメだと思ってあきらめてるんだろうな。俺、さすがに自分が親に愛されてなかったとは思いたくないから」

「……あ……ごめん……」

「いや、いいって。それより、頼む！　遊那の記憶を取り戻してくれ！」

俺の未来は、翔子が遊那の記憶を取り戻してくれるかどうかに、そのわずかな可能性が残されている。

「俺……まだ……生きたいんだ！　もちろん遊那にも会いたいけど、翔子や龍作、クラスのみんなにだって……俺、このまま忘れられるのなんて絶対イヤだ！」

「……」

「俺……霊体になってから、いろんなことがあって……前より、なんていうかな、まわりが見えるようになった気がするんだ。でも、だからこそ、もっとみんなのことをわかるようになりたいんだ……」

「……まだまだ……だけどね」

「え？」

「まだまだ、まわりの人の気持ちがわかってないって言ってるの」

「え……あ……ごめん」

「あははは。謝らなくたっていいのよ。元樹にそんな期待なんてしてないからさ」

「……翔子……」

「でもね、そうやって頑張ろうとしてる人を、放っておくなんて私にはできない。最初は、遊那のことを考えてと思ってたんだけど……やっぱり元樹も私の大切な……大切な友達だもん。私、元樹に協力するよ」

「翔子……ありがとうっ！」

俺は、感激のあまり思わず翔子に抱きついた。

「バ、バカ、こらっ、離しなさいってば！」

……。

「それで、退行催眠を使えば、記憶を取り戻せるのね？　そういえば、そんな方法を昔、おじさんに聞いたことがあるわ。その時は、探し物を見つける手段だったけど」

「そういえば翔子のおじさん、催眠術師とか言ってたよね」

「うん。だから、雰囲気の作り方とか、基本的なことは教えてもらったことあるよ」

そこで俺は、小雪と麻衣に教えてもらった退行催眠のやり方を、翔子にできるだけ丁寧に詳しく伝えた。

「なるほど……でも……失敗しちゃったらゴメンね？」

「いや、最初から失敗することを考えてちゃダメだ。こういうのって、使うほうの心がまえとかも成功率に関わってくるみたいだから」

「そ、そっか……わかったわ」

「あ、でも、そんなに緊張するのもよくないよ？」

「でも……私の催眠術に、元樹と遊那の未来がかかってると思うと……」

「なんだよー、いつもの元気な翔子らしくないなぁ。大丈夫！　俺も、その時はそばでずっと見守ってるからさ」

草むらに座り込んでうつむいた翔子の肩に、俺はそっと手を置くと励ました。

「……ホント？」

「当事者なんだから、当たり前だろ？　だから……頼む」

「うん。わかったよ。それじゃ明日、学校が終わったら遊那を誘ってみる」

「……それ……じゃ……たの……」

「元樹！　元樹!?」

しかし、長時間翔子の夢のなかに入りつづけていた俺には、それが限界だった。

「元樹……私、頑張ってみるよ！」

翌日の夕方、遊那の部屋のなかは、一種独特な雰囲気が漂っていた。

カーテンを締め切ったうえに電気の明かりもすべて消され、怪しげな模様の入った燭台に立てられた、ロウソクの明かりだけが遊那と翔子の顔を照らし出している。

「ね、ねぇショコラ……なんだか怖いよ……」

「あはは。だいじょーぶっ。こういうのは、雰囲気が大切ってだけだから」

「でも、なんでゆーなが催眠術にかけられなくちゃいけないの？」

「……それは……」

「ねぇ、どーして？　教えてくんなきゃ、ゆーなやらなーい」

ロウソクの明かりの下で、遊那はぷーっと膨れてみせた。

「わ、わかったわ……あのね、この前、変な写真見つけたの覚えてる？」

「変な写真って、あの知らない人とゆーなが写ってたやつ？」

……『知らない人』……か。あらためて遊那本人の口から聞くと、さすがにショックだ。

やはり、どうにか遊那には記憶を取り戻してほしい……。

「……そう。あれね、じつは遊那の知ってる人なの。ううん、一番大切な人」

「一番？　おとーさんやおかーさんより？」

「……同じくらい……ううん、やっぱりもっと大切かもしれない」

「ショコラやりゅんりゅんよりも？」

「ええ。それに、その人も、遊那のことを誰よりも大切に思っているの」

「えぇー。でも、ゆーなそんな人知らないよ？」

「それは、忘れているだけなのよ。だから、それを今から思い出してもらうの」

「そっかー。なんだかよくわかんないけど、ショコラのお願いなら信じるよ」

「ありがとう遊那。それじゃ、目を閉じて……」

「こう？……」


こうして、翔子による退行催眠の儀式がはじまった。まずは、翔子は事件の輪郭《りんかく》から少しずつ遊那の記憶を浮き彫りにしていく……。

やがて、暗くした部屋とお香の香りによる雰囲気によるものか、翔子の話術によるものかはわからないが、遊那は事件についておぼろげながら語りはじめた。

「……あの子が歩いてるのが……見えたの……」

「あの子って、遊那の知ってる子？」

「うん……あの子は……友達……」

……友達？　一体、誰のことなのだろう。俺にその心当たりはなかったし、そもそも人影すら見えなかったのだ。今まで俺は、犬か猫のたぐいだと思っていたのだが……。

「友達を助けようとしたのね。遊那はいい子だね……でも、その時、近くにほかに誰かいなかった？」

「……ほかに……ゆーなと……歩いてた……」

「そう。その前に、遊那と私、龍作ともうひとりの友達で、遊園地に行っていたのよ」

「ゆう……えん……ち……うん……観覧車にのった……」

「そう。遊那は観覧車に乗ってたわ。その時、一緒に乗ってた人を覚えてる？」

「一緒に……かんらん……しゃ……」

「その人は、ずっと遊那と一緒にいたの。誰よりも……遊那のことを……」

「一緒にいた……誰よりも？」

「観覧車のなかで、何を話したかわかる？」

「かん……らんしゃ……男の人！」

「そう、男の人よ。遊那と男の人は、ふたりきりで観覧車に乗ったの」

「……う……頭……頭痛いよショコラ……」

急に、遊那が頭を押さえて痛がりはじめた。俺のことを思い出しかけたショックなのか、それとも……。

「ゆ、遊那！　大丈夫？　ごめん、もうやめるから！」

(翔子！)

「……だ、だいじょうぶらよ……だって、ゆーなが思い出せないと、ショコラ、困るでしょ……」

「遊那……」

「ショコラ……真剣だから……ゆーな……手伝うの……ゆーな、いつもショコラに助けてもらってばかりらもん……」

そう言って遊那は、翔子の手をそっと握った。

「だから……だいじょぶ……続けて」

「……遊那、ごめん！　もうちょっと、もうちょっとだけ我慢してね」

「うん……」

(ごめん、遊那……翔子……)

「……その男の人の名前はね、元樹っていうの」

「も……と……き……元樹？」

……俺は、遊那が自分の名前を呼んでくれたこの時、もうすべてが報《むく》われたような気がした。とめどなく、霊の体の目から熱いものが流れ出してくる。

（遊那……遊那……）

「そう、元樹よ。元樹は遊那の恋人だったの」

「元樹……恋人……もと……あ、ああっ！」

記憶の扉が開きかけたのか……さらに猛烈な痛みに教われたらしく、遊那は体をよじって苦しみはじめた。

「遊那！　しっかり！　遊那！」

「痛い……痛いよ……痛い……」

「元樹！　ごめん！　これ以上は私、できない！」

……それは、俺も同感だった。いくら記憶を取り戻すためとはいえ、これ以上遊那が苦しむのを見てはいられなかった。

「遊那、今、電気つけるから、大丈夫だからね」

「ショコラ、ショコラぁぁぁ！」

ようやく明るくなった部屋のなかで、抱き合って泣きつづけるふたりを、俺はそばで見守りつづけた。

……失敗だ……。

この方法で遊那の記憶を取り戻すのは、彼女に負担がかかりすぎるようだ。もう、俺に手段は残されていないのだろうか？　遊那が、最後に一度でも俺の名を呼んでくれた……それだけで満足すべきなのか……。

（遊那……さようなら……）

涙を流しつづけるふたりを残し、俺は闇のなかへと溶けこんでいった。

第5章　～真実の光～

なんとか自分の病室まで戻ってきたものの、俺は深い失意の底にあった。遊那に退行催眠をかけて思い出してもらうという試みも失敗に終わり、次の方法も思いつかない。そもそも、俺は一体いつまでこの体のままでいられるのだろう？　肉体のほうが朽《く》ちるまで？……しかし、そうすると俺はこの先、延々と霊体のまま過ごさなければならないということになる。

「……なのです」

「えっ!?」

誰かが、病室に入ってきたようだ。俺は、普通の人間には見えていないにもかかわらず、なんとなく天井のほうに移動した。

見れば、入ってきたのは俺の両親と、ひとりの医師だった。両親はとてもやつれた顔をしており、ひどく心配してくれている様子がわかる。

（ごめんな、父さん……母さん……）

白衣を着た医師のほうは、両親の接する態度からすると、どうやら俺の主治医のようだ。今まで、日中にこの病室に近寄らなかったので、じつははじめて見る顔だ。気難しそうな顔をしているが、もしかしたらそれだけ俺の状態が良くないということかもしれない。そして……その嫌な予感は的中していた。

「……もって、あと１ヵ月といったところでしょう」

「そ、そんな……こんなに元気そうなのに⁉」

（い、１ヵ月⁉）

いきなり死の宣告をされて驚いたのは、両親だけでなく俺も同様だった。自分の体のことは、自分が一番良くわかる。それは、霊体になった今でも同じだ。確かに意識はないが、ほかは奇跡的に無事なはずなのだが……。

「残念ながら、私は事実をお伝えしなければなりません。お子さんは、いわゆる脳死状態にあるのです」

「脳死って……あの……」

「ええ。体のほかの部分に、大きな怪我はありませんから、一見健康そうに見えます。しかし、それらのすべてをつかさどる脳が、あの事故で損傷を受けてしまっているのです……」

「そ、それで、もう、もう元樹は……!?」

「残念ながら、今の医学では、お子さんを目覚めさせる方法はありません」

「そ、そんな……」

絶句して泣き崩れた母を、父がかろうじて抱きとめた。しかし、その父も全身を小刻みに震わせて涙をこらえているのがわかる。

(本当にごめんよ……父さん、母さん……ごめん……)

「そこで、ひとつご相談なのですが」

「は、はい?」

「じつはですね、お子さんは、以前、このようなものに登録しておりまして……」

そう言って、医師が懐《ふところ》のポケットから取り出したのは、1枚のカードだった。サイズはテレフォンカードなどと同じサイズで、何かの会員証のようにも見える。あれは確か……。

「こ、これは……?」

「……ドナーカードです」

そうだ! 思い出した……あれは確かにドナーカードだ。俺は去年、生体腎移植のドキュメンタリー番組をテレビで見て、いたく感動し、次の日の学校の帰りにドナー登録をすませたのだった。しかし、ということは……!?

「こ、これはどういうものなんですか？」

震える声で訊《たず》ねる両親に、医師は大きくひとつ息をついてから、カードの説明をはじめた。

「このカードを持っているということは、もしも自分に不慮《ふりょ》の事態が起こった場合に、ドナーとして使ってもかまわないという意思表示なのです」

「不慮の事態……」

「ええ。その……今回のお子さんのような事故の場合などです。このとき、肉体に損傷を受けていない部分があれば、それをほかの患者さんに提供するということなのです」

「あの……生体移植……というやつですか？」

「そうです。とくにお子さんの場合ですと、脳の損傷以外は内臓などにとくに問題もなく……こう言ってはなんですが、理想的な状態なのです」

「で、でも、それってうちの子の体をバラバラに切り刻むってことですよね!?」

「……そ、そんな……」

父の言葉を聞いて、母がくたりと倒れた。どうやら、あまりのショックに耐えきれずに気を失ってしまったようだ。

「か、母さん？　大丈夫か、おい！」

「ちょ、ちょっと待ってください、今、ほかの者を呼びますから」

やがて担架《たんか》を持って現れたふたりの若い医師に、母は運ばれていった。

「奥さんには、少しほかで休んでいてもらいましょう。それで、先ほどのお話の続きなのですが……」

「え、ええ」

倒れてしまった母の様子も気になったが、このあとの話の流れは俺自身の未来を決めかねない。俺は、しばらくふたりの会話を聞くことに集中することにした。

「もちろん、お子さんのお体を実験材料に使うようなことはありませんが……切るのは確かです。ですが、それで助かる命が、ほかにあるのです……」

「……でも……」

「実際、残酷なようですが……このままではお子さんが目覚めることは99パーセントありえません。いえ、１００パーセントといっても良いでしょう」

（そんなことはないっ！）

大体、俺の意識は霊としてここにある……それなのに、体のほうを切り刻まれてしまったら……たとえ戻れたとしても、意味がなくなってしまう！

(父さん、ダメだ！　反対してよ！)

「……それは、本当なんでしょうか」

「ええ。先ほどもお話ししましたように、現代の医学では……」

「わかりました。では、息子の体はお預けします」

(父さん！)

「穂村さん……ありがとうございます」

「いえ、やはり、息子の意思は尊重してやりたい。それが、息子の最後の願いであればなおさらです……家内のほうは、私のほうから話しておきますので」

「そうですか。助かります……では、後日あらためて、書類のほうにサインをしていただければと思います。じつは、すぐにでも移植を希望している条件の一致した患者さんがいるのです……」

「わかりました。では、後日また」

(何を……何を言ってるんだよ……)

確かに、ドナー登録をしたのは俺自身だ。でも、でも……俺はまだ生きている！　ここに……ここにいるんだ！　ただ、体に戻れないというだけなのに!!

しかし、俺の意思を尊重するという父の意思は固かったようだ。別室で休んでいた母が目覚めると、父は母に生体移植を了承したことを伝えた。そして、最初は感情的になって反対していた母も、やがて納得してしまったのだった。すべては、『俺の願い』のために……。

……一体、俺はどうすればいいのか……タイムリミットは刻一刻と近づいている。移植が決まったとなれば、俺の体の一部が取り除かれるのは確実だ。そうなったら、生き返る望みも絶たれてしまう……。

俺は、少し考えをまとめるために外に出ようと院内を歩いていた。……と、その時、先ほどの医師がひとりの制服姿の少女と話しているのが目に入った。それは何でもない光景だったのだが、あえて俺の目を引いたのは、その女の子が俺の学校の制服を着ていたからだ。しかも、よく見てみるとその子は……俺の知っている人物だった。

(やぁ、こゆ……え!?)

そう、医師と何か話しをしていたのは、教会で俺に力の使い方を教えてくれた、あの小雪だった。しかし、その話の内容が漏れ聞こえてきたため、俺は声をかけるのをためらってしまった。

「……でも……」

「何を言ってるんだ！　またとないチャンスなんだぞ？」

「だからって、人の心臓を使ってまで……」

「頼む……小雪……父さんのためだと思って、手術を受けてくれないか」

父さん!?　この医師は、小雪の父親だったのか……。しかし、心臓……移植……まさか、いや、そんなことが……。

「……でも、その心臓を取られてしまった人は死んでしまうわ！」

「大丈夫。もう、その人は脳死状態なんだ……だから、小雪のために、その心臓を役立ててくれるんだよ」

「……そういう問題じゃないわ」

「頼む。私はもう……お前の母さんや、あの子のように命が失われていくのを黙ってみているのには耐えられないんだ……」

「それは……母さんや姉さんだって、そうまでして生きたいとは思わなかったハズよ！　とにかく、私……移植手術なんて絶対受けないから！」

「小雪！　待て！　待つんだ！」

しかし、小雪は父親である医師の制止を振り切って、足早に歩み去ってしまった。

「小雪……だが、こうするしかないのだ……」

ひとり取り残された医師は、大きく肩を落とすとつぶやいた。

(やっぱり……このタイミングで移植するのって俺の……だよな……)

当然、医師からの返答はない。俺は、のろのろと小雪のあとを追った。


小雪は、病院の待合室でひとりうつむいて座っていた。

(小雪……)

「え!?……あ……元樹……どうしてここに?」

(どうしてって、俺、ここに入院してるから)

「そうだったの……この前教えた、退行催眠は役に立った?」

(いや、結局、遊那の負担が大きすぎるみたいなんでやめたよ……)

「そう……仕方ないわね」

(だから……俺はもう、体には戻れないかもしれない。このままだと、脳死ってことになるらしいんだ)

「そんな……え? 脳死!? ま、まさか……もしかして……」

『脳死』という言葉を聞いて、小雪の顔がさっと青ざめた。どうやら、俺と連想したことは同じらしい。

（……ああ。たぶん、小雪のドナーになるのは俺だろう）

「そんな！　ダメよ！　そんなことしたら、元樹は……!!」

（こ、小雪、ここでそんな大声出したら……ほかの人が……）

「いいわよ、そんなの……そんなことより、元樹はそれでいいの？　生きたくないの!?」

（俺？　もちろん生きたいよ……でも、それが無理なら……俺があきらめることで小雪が助かるのなら……）

「馬鹿なこと言わないで！」

（小雪……）

「私の家は……母も姉も、同じ病気で亡くなったわ。だから、私も覚悟はしてるから！」

（だからって……！）

「いいの。私は、ほかの人の命の可能性を奪ってまで、生きてなんかいたくない。しかも、それが元樹のものだなんて……」

（……）

「とにかく、私は移植なんて受ける気はないから。元樹は体に戻る何か別の方法を探して……そうね、麻衣ちゃんに相談するといいわ」

（小雪、でも……）

「ごめんなさい。少し、ひとりにしておいて」

小雪はさっと立ちあがると、そのまま病院の奥へと歩いていってしまった。俺は追いかけようとしたが、彼女の背中がそれを拒否していた。

(……言うんじゃなかった……)

しかし、もう遅い。小雪は、自分の心臓に移植されるのが、俺の心臓だと知ってしまった。俺は……俺は、一体どうすればいいのだろう？　このまま俺が体に戻らなければ、小雪の命が助かるかもしれない……だが、そうすると俺自身が助かる可能性は……。

その答えが、簡単に見つかるものではないことはわかっている。だが、俺はじっとしていることができず、街へとさまよい出た。


気がつくと、俺は遊那の住んでいるアパートの前に来ていた。このまま俺が体に戻ることができなければ、彼女とは永遠の別れが待っている。唯一、不幸中の幸いといえば、彼女がこれ以上悲しむ必要がないことぐらいだ。

(遊那……)

部屋に入ってみると、遊那は机に向かって何か書き物をしているようだった。時折、机の上に置かれたオレンジジュースを飲みながら、書くことに熱中している。

『好き好き好き好き好き好き好き好き好き好き！　大好き!!』

遊那のノートは、その言葉だけで見開きの２ページ分が埋め尽くされていた。

「……あれ？」

しかし、ノートの右下まで来たところで、遊那の筆が急に止まった。

「ゆーな、何が大好きなんだろ？」

遊那は鉛筆を鼻と口の間に挟《はさ》むと、天井を見上げて何かつぶやいている。俺は、近くによって耳を澄ませてみた。

「も……と……もとくろす？　違うなぁ……もと……もどき……がんもどき？　ううん、人……男の子……」

（遊那……お前、俺のこと……）

間違いない。遊那は、少しずつだが俺のことを思い出しかけている！　この前の退行催眠は、決して無駄ではなかったのだ。しかし、今、俺が体に戻ってしまったら、今度は小雪が……。

遊那が俺のことを思い出しかけてくれているのは、本当に嬉しい。だが、今の俺はそれを素直に喜べはしなかった。むしろ、悩みの種が増えた感じだ……。

「ねー、くまんばびは知らないのかなぁ？　あの人、誰だっけ？　このへんまで出てきてるんだけどなぁ」

俺が誕生日に贈ったぬいぐるみに無邪気に語りかける遊那を残し、俺はふたたび答えを探しに外の世界へと飛び立った。

俺が次に向かったのは、あの丘の上の教会だった。今日は平日なので人の影もほとんどなく、あたりには閑散《かんさん》とした雰囲気が漂っている。そんななか、彼女はいつもの場所にひとり、空を見上げていた。

(どうしたんだ、麻衣?)

「わ、わっ！　ちょっと、急に話しかけないでよ。びっくりするじゃない」

座っていたブランコからずり落ちそうになりながら、麻衣が怒った顔をして見せる。

(いや、俺は普通に話しかけたつもりだったんだけど……)

「それで、何の用？　ま、その様子だと、この前のは失敗したみたいだけど」

(……ああ……じつはそうなんだ……しかも……)

さすがに、小雪のことを直接話すことはためらわれた。麻衣と小雪の関係が、どこまで深いものか俺は知らないのだ。そこで俺は、自分がドナー登録をしていたこと、このままでは生体移植されてしまうことだけを麻衣に伝えた。

「なるほどね……そういうことになったのね……」

（あ、麻衣、俺の考えを!?）

「そ、そんなこと……」

（……まぁ、でも、そんなわけで、困ってるんだ……もしよかったら、この前の退行催眠みたいに、何かいい方法を教えてもらえないか？）

「えー？　いくら私でも、そんなに都合よくぽんぽんとでてこないよぉ」

（そうか……そうだよな……）

何といっても、相手は小学生なのだ。その口調や霊に対する知識でつい同年代に思えてしまうこともあるが、麻衣はまだ幼い。

「まー、でも、どうにかしてと言われて、そのまま断る麻衣様でもないけどね♪」

（えっ？　じゃあ、やっぱり何か方法があるのか!?）

「……ないわけじゃないけど……でも……その代わり、ひとつだけ私のお願い聞いてもらえる？」

（お願い？　ああ、今の俺にできることならなんだってする。いや、元の体に帰れてからのほうがいいのか？）

「あ、今のままでオッケー。だって、体に帰ったら……」

（ん？　何か都合悪いことでもあるのか？）

「う、ううん。何でもないよ。だってほら、体に帰ったら、麻衣のことなんか忘れちゃうかもしれないじゃない」

（バーカ。いくら俺が頭悪いからって、麻衣や小雪たちのこと忘れるわけないだろ？　それに、体に戻ったらまた教会に遊びに来るよ）

「そっか……そうだよね。それじゃ、私のお願い……そーれっ！」

勢い良くブランコから飛び降りながら、麻衣が叫んだ。

「今からデートっ！」

（な、何!?）

「聞こえなかった？　デートよ、デート。したことないの？」

（い、いや、そういうことじゃなくて、何で俺と麻衣がデートなんだ？）

「いいじゃない。だって、一度してみたかったんだもん」

（『してみたかったんだもん』って……大体、小学生連れて歩いてたら犯罪だろ）

「だから、霊体の時に行くんじゃない」

（う……）

「まぁまぁ、あとでちゃんと良い方法、教えるからさ」

（……俺に、時間がないのはわかってるよな？）

「もちろん……大丈夫。１週間ぶっ続けとか言わないから安心して。今日一日だけでいいよ♪」

（それでも今日一杯かよ）

「何？　文句でもあるの？」

（……いえ……ないです）

「それじゃ、らぶらぶデートにれっつごーっ！」

結局、俺は麻衣のあとを追って、『デート』に出かけたのだった。

「あはははは！」

（お、おいっ！　だ、大丈夫なのか!?　これ、落ちたら危ないぞ！）

「だいじょーぶ、だいじょーぶ！　元樹、霊体なのに怖がりなんだから！」

（そ、そんなこと言ったって……うおっ！）

俺は麻衣と一緒に近所のアスレチックランドを訪れていた。ここは市営なのでお金もかからないからというのが、麻衣の選択理由だったのだが、どうやらそれだけではなかったらしい。

「あはははははは！」

（ぐぉぉぉぉ！）

　麻衣は、どうやら高いところやスピードのあるものが大好きらしいのだ。そこで、俺は、今度バイトでもして、遊園地にでも連れて行ってやろうと密かに計画を立てた。

（なぁ、麻衣、お前の誕生日っていつだ？）

「え？　そんなの、レディーに聞くことじゃないでしょ!?　失礼しちゃうわ！」

（おいおい、歳聞いてるんじゃなくて、誕生日！　何月何日生まれかってこと！）

「あ、そっか。６月25日生まれ、かに座でうさぎ年だよっ♪」

（６月か……な、その日、あけといてくれよ）

「え？　また遊んでくれるの!?」

（まぁ、そんなとこだ）

「やったぁ！　あはははは！」

（ところで、お前さっき、うさぎ年って言ったよなぁ。もしかして、俺とひと回り違うのか!?）

「え？　あ？　そ、そうだっけ？　私、干支《えと》はよくわかんないよ」

（なんだよ、びっくりしたなぁ。ま、いくらなんでも12歳も離れてるわけないもんな）

「あははは！　そんなこと言ったら、元樹、もうおじーちゃんだもんね！　あ、ねーねー！　次、アレやろうよ！」

そう言って麻衣が指差したのは、大きなバルーンのなかに入って遊べるアトラクションだった。

(何!?　あんなの、子供しかやらないっての。大体、身長と年齢制限で引っかかるって)

「ホントに元樹はバカなんだから……霊体なのに、見えるわけないでしょ？」

(あ、そっか……それもそうだよな)

「それじゃ、いってみよー！」

その後、俺たちは近くの公園で少し休んだあと、雨乃宮《あまのみや》貯水池をめざした。

(なぁ、『あまちょー』って知ってるか？)

「うんっ、なつかしいなー。ネッシーみたいなのだって、学校で噂《うわさ》になってたんだよね」

(なつかしいって何だよ、現役《げんえき》小学生のくせに)

「あはは。そういうネタは、流行《はやり》があるんだってば！　ね、それはいいから、ボート乗らない？　私、ボートの上で、ふたりでらぶらぶ～っていうのがやってみたかったんだぁ」

そう言って、麻衣は空を見つめて目をきらきらと輝かせた。

(な、なんだよそりゃ……少女マンガじゃあるまいし)

「いーのっ。ボートで少しバランスを崩して、不意に触れ合う手と手。そして、いつしかふたりは禁断の世界へ……きゃーっ！」

(おいおい……大体、ひとつ大きな問題があるぞ)

「え？　何？」

(俺、霊体でどうやって漕《こ》ぐんだよ。あんな重いモノ、動かせると思うか？)

「そ、それは愛の力でカバーよっ」

(そんなもんないっつーのっ！)

「えぇぇぇぇぇぇ！　ぶー！　もう何も教えてあげなーいっ！」

(……く……わ、わかったよ……やるだけやってみりゃいいんだろ？　その代わり、お前もオール持ってるフリしろよ？　でないと、オールが空飛んでるみたいに見えちゃうだろうからな)

「あはははは！　それもそうだね。それじゃ、私がボート借りてくるね！」

……しかし、ボートを借りに行ったはずの麻衣は、やがて肩を落として帰ってきた。

(どうしたんだ？　金がなかったとか？)

「ううん。あのね、小学生ひとりだけじゃダメだって……」

（あ、そうか。でも、それは当然といえば当然だな）

「でも、私、どうしてもボートに乗りたいよ！」

（うーん……しょうがない、勝手に借りとくか？）

「あーっ！　元樹の悪党～！」

（い、いいんだよ俺は……霊体だから、お金払わなくったって。それじゃ、ちょっと先に行って待ってろよ。あそこの島の陰になってるとこまで、ボートもってくから）

「オッケー♪」

そして俺は、管理人がこちらを見ていない隙《すき》を見計らって、一艘《いっそう》のボートのもやい綱をはずすと、麻衣の待つ島の陰に向かって漕ぎ出した。幸い、平日だったのでほかに客もおらず、なんとか俺は麻衣の元までたどり着くことができた。

（ふひー！　つ、疲れた……もうダメ）

「ぶー。元樹って体力ないんだからー」

（いや、これは体力じゃなくて霊力の問題だろ）

「どっちにしても、修行不足ね。そんなんじゃ、女は満足できないわよ」

（なぁ、麻衣……お前、そんな言葉どこで覚えてくるんだ？）

「え？　あははは！　ひ・み・つ♪　でも、これは頑張ったご褒美《ほうび》……」

（ま、麻衣……え!?）

麻衣のやわらかな唇が霊体の俺の唇に重なった。その時、俺は確かに麻衣の唇のぬくもりを感じた……。


……。


（ふー。結構楽しかったな）

少し休んで疲れの取れた俺はボートを元の場所に返し、麻衣と帰路につくことにしたのだった。

「うんっ。ちょっとは気分転換になった？」

（もしかして麻衣、俺のことを気遣って……）

「え？　全然。私は自分が楽しかったからオッケーってだけだよ♪」

（こ、こいつ……）

「ね、それじゃ、これで最後」

（なんだ、さっきので終わりじゃなかったのか？）

「大丈夫。そんなに時間はかかんないよ」

そして、俺が麻衣につれてこられたのは……丘の上の教会だった。

「はーい、到着～」

(なんだ、最初に戻って来たってことか)

「何その言い方～。良い方法、教えてあげないよ？」

(わ、悪かったよ……)

「ま、いっか。今日は楽しかったしね。最後の……ボートも、とっても楽しかったよ」

(……麻衣？)

急に麻衣の横顔がとても大人びた影を帯びたように見えて、俺は驚いて彼女の顔を覗きこんだ。

「ん？　なぁに？　何でもないよ？」

(いや、なんか麻衣がすごく大人に見えた気がしてさ)

「おっ、元樹も私のレディーとしての魅力がわかる年頃になったってことかな」

(誰がレディーだよ……)

「あははは っ。それじゃ、今日はおつかれさま。楽しかったよ……本当に……」

(なんだよ、そんなにしんみりして。麻衣らしくもない……また、体に戻ったらいくら

でも遊んでやるよ)

その時、急に背後から声がかかった。

「……それは……無理よ」

(え？　小雪？)

いつの間に来たのだろうか……制服姿の小雪が、腕を組んで立っていた。

「小雪……来てくれたんだ」

(おい、どういうことだよ？)

「手紙……見たわ。麻衣ちゃんは、それでいいの？」

「もっちろん。それより、ごめんね？　最後まで面倒見きれなくて」

「私はいいの。麻衣ちゃんがそうしたいなら」

(なんだよ、話が見えないぞ!?)

しかし、麻衣と小雪は俺の疑問には答えずに、次の話題へとうつった。

「元樹、約束の……良いものをあげるわ」

(え？)

「これはね、魔法の羽なの。これを空に飛ばして願い事を言えば……きっとかなうよ。ただし、願いごとはひとつだけ。二度目はないよ」

（……こ、この羽……もしかして……）

「元樹、昔……これを私のために使ってくれたんだよね」

（俺が……麻衣に……!?）

「やっぱり、忘れちゃってるか。もう、ずっと前のことだもんね」

「麻衣ちゃん……」

「いいのよ、だから小雪もそんな泣きそうな顔しないの。それじゃ……私はもう行くね。約束の時間だから」

（え？　行くって……どこに!?　おい、またすぐ会えるよな？　麻衣！）

「……ホントに元樹はバカね。でも、そんなところ……嫌いじゃなかったよ」

（麻衣？　何をするっていうんだ？）

「私の最後の力……その羽にたくすわ。元樹は……生きて！」

（どういうことだよ！　麻衣!?）

……麻衣の体がふっと浮かび上がった。そして、ゆっくりと夕暮れの大空へと吸い込まれていく……。

（麻衣!?　まさか、お前……！）

「元樹、追いかけてきちゃダメだよ。元樹には、待ってる人がいる。生きる義務があるの。私にはもう、帰る体がないから……小雪が心配で、ちょっと長居し過ぎちゃったんだよね。きっと、天国で神様に怒られちゃうよ。えへへ」

(麻衣！　何わけわかんないこと言ってるんだよ！　降りてこいよ‼)

「小雪、これでよかったんだよね？」

「うん。私も……すぐにいくから……」

「だめ、そんなことじゃ……力いっぱい生きるの。そうすれば、きっと未来は開けるよ。あは、最後ぐらいお姉ちゃんらしいとこ見せられたかな？」

「ええ……私のお願いを聞いてくれた……立派な……」

「あのさ、小雪……最後に……『おねーちゃん』って呼んでもらえないかな」

「……麻衣……お姉ちゃん」

(あはは。一回、そうやって呼ばれてみたかったんだよね。これで、もう思い残すこともないや♪)

「……お姉ちゃん！」

(お姉ちゃん……⁉　まさか、麻衣は……⁉)

その瞬間、俺はすべてを理解し……思い出した。

俺と遊那は小さい頃、丘の上のこの教会によく遊びに来ていた。しかし、それはふたりだけではなかった。……もうひとり、もうひとり女の子がいたのだ。そして、いつしか俺は、遊那ではなく、その女の子に会うのが楽しみで教会にくるようになっていた。名前も知らない、その女の子は……体が弱く、学校にはほとんど行っていないという話だった。だが、遊那は彼女の可愛らしい容姿から、彼女を『姫』と呼んでいた。

学校の勉強が苦手だった俺は、その子の境遇をうらやんだものだ。だが、その話をすると、その子は決まってこう言って笑うのだった。

「ホントに元樹はバカね！　あははは！」

そんなある日……俺はその日も、彼女に会うために教会に来ていた。俺は、彼女にブランコの順番をゆずり、彼女が楽しそうにこいでいるのをぼうっとながめていた。そのとき……彼女が、急にブランコから飛び降りるようにして降りた。

『あれ？　もうおしまいでいいの？』

『ううん、元樹……あれ……』

そういって彼女の指差したのは、なんの変哲もない教会の屋根だった。

『屋根が、どうかしたの？』

『ううん、そうじゃなくて……あそこ、ほら、鳥さんの巣！　猫が！』

……そう、あの記憶……教会で白い羽をもらったのは遊那ではなく、彼女だったのだ。

しかし、なぜ俺は、遊那と彼女ひとりを取り違えるようなことを……そうだ……あの日……。

俺は、ついに勇気を出して彼女をデートに誘ったのだった。そのコースは、今日、俺と麻衣がめぐった場所と同じ……アスレチック……公園……雨乃宮貯水池……。そして、最後の貯水池で、彼女は……。

それは、悲しい事故だった。ふたりで借りたボートは、いつの間にか管理人の目の届かないところまで到達していた。そして……悲劇は起きた。オールの扱いになれていなかった俺は疲れていて、気を抜いた瞬間に片方のオールを水に落としてしまったのだ。それを麻衣が、一生懸命手を伸ばして取ろうとしたのだが……次の瞬間、オールだけでなく、彼女の小さな体までもが貯水池のなかへと投げ出されていた。

俺は、必死にまわりの大人の助けを呼んだ。しかし、あいにくと人影はまばらで、助けに応じてくれるような人はいなかった。そして俺は、覚悟を決めて、冷たい水のなかへと飛びこんだ。

次に俺が目を覚ましたのは、病院のベッドの上だった。冷たく、硬いベッド……冷えきった体……しかし、俺はそんなことよりも、彼女のことが心配でならなかった。医者はまだ退院は無理だと言っていたが、俺は夜中、病院を抜け出して丘の上の教会へ向かった。そして、そこで俺が見たものは……。

教会の広間には、細長い木の箱がひとつ置かれていた。その箱には、上のほうにひとつ、簡単に開きそうな窓のような扉があった。俺は、吸い寄せられるようにその箱に近づき、そのふたを開け……そして、そこに冷たくなった彼女の姿を見た。

『俺が彼女を殺した』

俺は必死になって彼女を呼び覚まそうと、声をかけ、ゆすり、抱きしめた。しかし、彼女が返事を返すことはなかった……。その時、俺は彼女の小さな手のひらに、しっかりと握られた小ビンを見つけた。そのなかには、あの時の白い羽があった。俺は、その小ビンを手にとってフタを開けると、なかの白い羽を取り出し……教会の出窓から闇の空へと解き放った。彼女が……彼女がもう一度微笑みかけてくれるようにと……。

だが、俺は結局、自分の罪の意識に耐えられなかった。だから、彼女の存在そのものを封印して、遊那の記憶と挿《す》げ替え……。

遊那が、俺の話す昔話を知らないのも当然だ。彼女は、なにも知らないのだから。

(ゴメン！　俺、思い出したよ！　麻衣！　お前はあのときの……姫!!)

「……あはは。バレちゃったか……でも、もう私は満足。それに、最後に大好きな人のために、力になれるんだから……」

(ダメだ！　俺は……俺はもう一度お前を失うのか!?)

「ホントに元樹はバカね……私は、もう過去の存在なの。大体、ここにいることがおかしかったんだよ……」

そう言って麻衣は、少し淋《さび》しそうに笑った。

(麻衣！　本当に……俺は、お前のことを……)

「あはは。ありがとう……さようなら元樹……小雪……みんな……大好きだよ……」

次第に、浮かび上がった麻衣の体の輪郭が薄れていく。その体からは金色の粉のようなものがこぼれだし、小雪の持つ羽へと吸い込まれ……。

そして、麻衣はこの世界から消えた。

（なぁ、小雪……）

「……」

（麻衣のやつ、最後に……笑ってたな）

「……」

（でも、本当にこれで良かったのか……俺にはわからないよ……）

バシッ。

（うっ!?）

突然、小雪の放った力で、俺は頬に強い衝撃を受けた。

「元樹……麻衣の……お姉ちゃんのぶんまで……生きて」

（小雪……）

「だから私は、この羽をあなたのために使う。それが、お姉ちゃんと……私の願いでもあるから」

（小雪、でも……そうしたら……）

バシィッ!!

（うぐぁっ!?）

先ほどよりも、さらに強い衝撃を全身に受けて、俺はその場に座り込んでしまった。体が思うように動かない……。そして、そんな俺にくるりと背を向けると、小雪は教会のなかへと入っていった。

そして……薄れゆく意識のなかで俺が見たのは、教会の出窓から小雪が一枚の白い羽を空に解き放つところだった。

「私と……お姉ちゃんの願いをかなえて……！」

……ふわり……ふわり……。

白い羽は、地面に落ちることなく、逆に天に向かって昇っていく……。そして、小雪の祈る姿が見えた次の瞬間、俺の体はやわらかな光に包まれた。

終章　～残された想い～

麻衣に別れを告げたあの日から、数日がたった。今日は4月の15日……遊那の誕生日だ。遊那は、ちゃんと約束を忘れずに家にいてくれるだろうか？　いや、そんなことを心配する必要がないのは、俺が一番良くわかっているのだが……。

意識が戻ってからの俺の回復は、医師が驚くほどにめざましいものだった。俺としては体のほかの部分は打撲程度で、とくに致命傷などもなかったので当然のように思えたのだが、脳死直前までいった人間の回復としては異例のことらしい。

もちろん、1ヵ月近く動かしていなかった肉体に慣れるまでには、少し時間がかかったのも事実だ。つい、霊体のつもりで空を飛ぼうとして転んだり、壁を通り抜けようとして頭をぶつけたことも一度や二度ではない。

だが、今の俺はすでに自宅療養ということで退院し、普通の生活を送っていた。両親が安静にしていろというので学校はまだ休んでいたが、こっそり家を抜け出して遊那や翔子、龍作たちと会っていたのは言うまでもない。

ピンポーン。

「はーい！　開いてるからあがって～！」

インターホンの呼び出しボタンを押すと、いつもの元気な声が聞こえてきた。

「まったく……あぶないから、ちゃんと鍵はかけろって言って……」

パンパンパンパパン!!

「う、うわっ!?　何だっ!?」

遊那の部屋に一歩足を踏み入れた俺を待っていたのは、数珠繋《じゅずつな》ぎにしたクラッカーによる洗礼だった。

「ちょ、ちょっと待てよ遊那、今日はお前の誕生日だろ？　俺を祝ってどうするんだよ？」

「あははは！　いーのいーの。ゆーながお祝いしたかったんだもん」

「なんだよそりゃ……ま、いっか。ほれ、ケーキ買ってきたぞ」

「やったぁ！　それじゃゆーな、紅茶いれるね。あ、ホットオレンジのほうがいい？」

「……いや、ケーキには紅茶のほうがいい。ホットオレンジは、明日来る翔子と龍作に出してやってくれ」

「そうだね。ショコラとりゅんりゅん、美味しいって言ってくれるし。変な顔するの、元樹だけなんだよぉ？」

「……いや、絶対お前らがおかしい。俺が普通」

龍作と翔子は、気を遣って今日はふたりだけで過ごさせてくれるということだ。ただし、パーティーはやりたいので、１日ずらして明日あらためて開くということになっている。

「それじゃ、ちょっと待っててね！」

俺はパタパタと走ってキッチンに向かう遊那を見て小さく微笑んだ。遊那が、俺を思い出して、その混乱から落ち着くまでには数日かかった。だが、今ではすっかり元の彼女に戻って、俺との時間をふたたび紡《つむ》ぎはじめている。


「あっ、くまんばび！」

遊那は、ケーキに乗っていた、マジパンで作られたくまんばびを目ざとく見つけると、それをつまんで天井にかざして見入った。

「ああ。わざわざ入れてもらったんだ。『妹さんにですか？』って聞かれたけどな」

「わーい！　でも、この子食べちゃうのなんだか可愛そう」

ピンポーン。

ちょうどその時、インターホンの呼び出し音が鳴った。あわてていたのか、遊那はぱくりとそのくまんばびを口にくわえると、玄関に走っていった。

「宅配便でーす！　お届け物にあがりました！」

「あ、ハンコ……えーと、あっ、んぐっ！　く、くまんばび食べちゃった！」

「不憫《ふがい》だったな……くまんばび……」

やがて戻ってきた遊那は、小さな赤い包装の小包を手に持っていた。

「ねー、なんか変なものが届いたんだけど……差出人の名前がないの」

「……」

「ねぇ元樹、怖いから開けてくれない？」

しかし、俺はそれが何か知っていたので、差し出された小包を遊那に返して言った。

「大丈夫だよ……それは、10年前からの贈り物だから」

「え？　10年前って、ゆーなたちまだ小学生だよ？」

「いいから、開けてみろって」

「……うん……あ……」

包みの中から出てきた小さなケースを開けた遊那は、俺の顔と見比べながら驚きの声をもらした。

「……これ……指輪！　あ……メッセージカード……『小学生の俺から、18歳になった遊那へ。誕生日おめでとう』……ありがとう！　ありがとう……元樹！」

白く輝く小さなリングを、大切そうに手のひらの上で転がすと、遊那は何度も『ありがとう』を繰り返した。

「声だして読むなって……恥ずかしいだろ」

「えへへ。ありがとう、元樹。素敵な誕生日プレゼント」

「だから、いいって……ほら、はめてやるよ」

「……うん……でも、なんで小学生なの？」

「え？　遊那、お前……」

俺は、遊那の小さな手の薬指に、その愛の証《あかし》をはめてやろうとした。だが、その時、俺の心にひとつの疑問が湧き上がってきた。

「遊那……ひとつ聞いていいか？」

「なぁに？」

「あのさ、昔……俺、お前に教会で、指輪の代わりにプルタブをあげちゃったことがあったよな？」

「……」

「……遊那？」

「あはは。それっていつのこと？　そんなに昔のことなんてわかんないよ」

「……そう……か」

では、やはりあの時、俺がプルタブの指輪を渡したのも、白い羽や貯水池と同じく麻衣のことだったのだろうか……？

「ね、元樹……」

「……」

「もしもだよ、ゆーなが双子だったらどうする？」

「え？」

「だから、ゆーなが双子で、ほかにそっくりな子がもうひとりいるの。それでね、見た目には全然区別つかないの」

「……でも、思い出は遊那とだけあるわけだろ？」

「うん……でも、思い出って、本当に確かなもの？　どこかで双子が入れ替わってたりしたら、わかんなくなっちゃってるかもよ？　今の話だって、遊那が忘れてるのか元樹が間違えてるのかわかんないじゃない」

「……」

「ほら、そう考えたら、ゆーなだって、本物のゆーなかどうかわかんないよ？　それでも、ゆーなと一緒にいてくれる？」

俺はしばらく遊那の目を見つめ……そして、おもむろに口を開いた。

「……俺は、ずっと目の前にいる遊那だけを信じて、そばにいるよ。思い出は大切だけど、それがすべてじゃない。思い出を作ろうとか、その時は、そんなことは意識なんかしてないだろ？　そんなものは、あとからついてくるんじゃないかな」

「……そっか……元樹、なんだか少し変わったね」

「そうか？」

「うん、なんだかね、ちょっと大人」

「大人……か」

「うんっ」

俺は、そっと遊那を引き寄せると、唇を重ねた。

遊那は、ここにいる。

彼女のぬくもりを感じながら、俺は溢れ出る涙をこらえることができなかった。

Ｆｉｎ

あとがき

『クロース　トゥ』ファンの皆さん、はじめまして。ＫＩＤさんのファンで、『メモリーズオフ』から手にとってくださった皆様、お久しぶりです。え？　何でまたお前がこの本を書いてるのかって？　それは、また例によって、ゲーム本編でも、とある女の子のシナリオのお手伝いをしていたからなんですね。

そんなわけで、最初に本編のほうのお誘いを受けたのは、去年の暮れ頃だったような気がします。本書の執筆時もそうだったのですが、遅筆な上にスケジュール管理が甘く、スタッフの方々にはご迷惑をおかけしてしまいました……という反省の記憶しかないのが正直なところです。今回に活かされていないのが問題なのですが（涙）。

ゲーム本編は、自分が関わったという贔屓目を除いても、今までのＫＩＤさんのシリーズ中で最高の完成度を誇っていると思います。魅力的なキャラクター、驚きの連続でありながら、きちんと収束する伏線、ルームパートシステム……これらの特徴が、少しでも本書で再現できていたとしたら幸いです。

それでは、今回、構成上の都合などで描ききれなかったキャラについて少々……まずは龍作。本編では、いつの間にか遊那の部屋に上がりこんでたりする困ったヤツですが、KIDさんのサブキャラらしく、最後はきっちりけじめをつける姿勢が結構好感が持てます……まぁ、過程はともかく（笑）。今回、あまり出番はありませんでしたが、遊那との絡みや、翔子との微妙な関係なども機会があったら描いてみたいところです。あと、小雪と麻衣に出会ったとして、はたして彼がどちらに惹かれるのかも、興味深いところだったりします（やっぱりロリ?）。

翔子は、やはり遊那をたてようとすると、どうしても貧乏クジを引かざるをえないわけで……本編同様にちょっと可愛そう。一応、不器用ながらもアタックはしてるんですけど、典型的ギャルゲー主人公（ひたすら鈍い）の元樹に、気付いてもらえるまでには、かなり時間がかかりそうですね。オフィシャルのHPの4コママンガ（森しんじ先生作……ファンです。頑張ってくださいね～おほほほ♪）でも、虐げられてるし……よよよ。不憫な子。

さてさて、そんなところで今回はお別れです。本編ならびに資料提供でご協力いただいたKIDの制作の方々、素敵な表紙と口絵を描いて頂いたごとPさん、あまりに無茶なスケジュールにも関わらず、気合で挿し絵を仕上げてくださった東都せいろさん、お疲れ様でした。エンターブレイン&アセンブルの編集の方々、デザインの加藤さん、ＫＩＤの恩田さん、今回は私のスケジュール管理が甘かったばかりに、多大なるご迷惑をおかけしてしまいました。本当に申し訳ありません。くじけそうなときに救ってくれた人たち、ありがとう。みんながいるから、なんとかここまで来れたよ。そして本書を手にとって読んでくださったすべての皆様に感謝します。

それでは、次回があることを白い羽に祈りつつ……ごきげんよう。

日暮茶坊（ひぐらし・ちゃぼう）

■ご意見、ご感想をお寄せください。

ファンレターの宛て先
〒154-8528 東京都世田谷区若林1-18-10
株式会社エンターブレイン メディアミックス書籍部
日暮茶坊 先生
ごとP先生 東都せいろ先生

■ファミ通文庫の最新情報はこちらで。

エンターブレインホームページ
http://www.enterbrain.co.jp/

FB Famitsu Bunko

ファミ通文庫

クロース トゥ ~祈りの丘~

二〇〇一年七月二日 初版発行

著者 日暮茶坊《ひぐらしちゃぼう》
発行人 浜村弘一
編集人 青柳昌行
発行所 株式会社エンターブレイン
〒一五四-八五二八 東京都世田谷区若林一-一八-一〇
電話 〇三(五四三三)七八五〇(営業局)
編集 メディアミックス書籍部
担当 岡本真一
デザイン かとうみほ
写植・製版 株式会社パンアート
印刷 凸版印刷株式会社

協力：(有)アセンブル
ISBN4-7577-0471-2

ファミ通文庫

メモリーズオフ
～思い出の雫～

日暮茶坊
イラスト/松尾ゆきひろ・中里壮志（キッド）

人気恋愛ADV『メモリーズオフ』初のノベライズ!

三上智也は、澄空学園に通う17歳。文化祭の出し物で喫茶店を開くことになった智也たちは、夏休みを利用して幼なじみの唯笑、後輩のみなも、そして親友の信たちと計画を進めていく。しかし、日々の生活を送るなかで、智也の心には過去の悲痛な想いが去来する。彼を癒すことができるのは、新たに出会う少女たちなのか、それとも……？

定価 本体640円 十税 ISBN-4-7577-0048-2

Famitsu Bunko
ファミ通文庫

メモリーズオフ
～アニヴァーサリー～

日暮茶坊
イラスト/松尾ゆきひろ・中里壮志（キッド）

人気恋愛ADV『メモリーズオフ』ノベライズ第2弾!!

桧月彩花から、入院している親戚の女の子・伊吹みなもの話を聞いた今坂唯笑は、一緒に彼女のお見舞いにむかう。そして、すぐにうちとけた3人の少女は、互いの恋愛話に花を咲かせるのだった。一途に恋する彩花と、届かぬ想いを秘めた唯笑、夢見るみなも……。ひとりの少年に恋する3人の恋の行方は!?　ヒロインたちの中学時代を描いた「ピュア・ウイッシュ」を含む4本の短編を収録。

定価 本体640円 ＋税　ISBN-4-7577-0369-4

カバーイラスト　松田浩二
口絵・本文イラスト　森田屋すひろ